超・殺人事件

推理作家的苦惱

Higashino Keigo

超・殺人事件
推理作家の苦悩

東野圭吾

張智淵——譯

超・殺人事件
推理作家的苦惱

Contents

由不屈的堅持所淬煉出的奇蹟

林依俐

如果你問我，東野圭吾是位什麼樣的作家？

我會回答你，他是位不幸的作家。

你一定會覺得奇怪，光是以《嫌疑犯X的獻身》（二〇〇五）一書，便幾乎囊括了二〇〇六年日本推理文學相關獎項，同書在日本的銷售量更是打破五十萬大關的「暢銷作家」東野圭吾，怎會有什麼不幸可言？

在說明之前，請讓我先簡單介紹一下東野圭吾這位作家。

東野圭吾一九五八年生於大阪，大學畢業後進入汽車零件製作公司擔任工程師。由於希望在工作以外，也能在私生活之中有個較為不同的目標，所以開始著手撰寫推理小說，投稿日本推理文學代表性的公開徵選長篇小說獎「江戶川亂步獎」。

這並不是東野第一次寫推理小說。早在他十六歲的時候，由於看了小峰元的作品《阿基米德借刀殺人》（一九七三，第十九屆江戶川亂步獎作品）大受感動，之後又讀了松本清張的《點與線》（一九五八）、《零的焦點》（一九五九）等作品。一頭推理熱的他便曾試著撰寫長篇推理小說，而且第一作還是以重大社會問題為主題。然而由於完成於大學時期的第二作被周遭朋友嫌棄，「寫小說」這件事便從他的生活之中消失了好一陣子。

而獲得亂步獎的夢想讓東野重拾筆桿。在歷經兩次落選後，他的第三次挑戰——以發生在女子高中校園裡的連續殺人事件爲主軸展開的青春推理《放學後》（一九八五）——成功奪下了第三十一屆江戶川亂步獎。之後他很快地辭了工作，前往東京致力於寫作。自從一九八五年《放學後》出版以後，東野圭吾幾乎是每年都會有一到三部甚至更多的新作問世。他不但是個著作等身的多產作家，其筆下的內容也橫跨了推理、幽默、科幻、歷史、社會諷刺等，文字表現平實，但手法卻絲毫不拘泥於形式，多變多樣。

看到這裡，如果你對於近年的日本推理有一定程度的了解，或許你會聯想到宮部美幸——多采的文風、平實的敘述、充滿令人訝異的意外性；但是在兩者之間卻又有著決定性的不同。

那就是——相對於宮部美幸出道約二十年來，陸續囊括高達十項的日本各式文學獎，筆下著作本本暢銷；東野圭吾卻是一直與日本的各式文學獎項擦肩而過，且眞正開始被稱爲「暢銷作家」，也是出道後過了十多年的事。

實際上在《嫌疑犯X的獻身》同時獲得直木獎與本格推理大獎，並且達成日本推理小說三大排行榜——「這本推理小說了不起！」、「本格推理小說BEST10」、「週刊文春推理小說BEST10」——前所未有的三冠王之前，東野出道二十年來所寫下的六十本小說（包含短篇集）裡，除了在一九九九年以《祕密》（一九九八）一書獲得第五十二屆日本推理作家協會獎之外，其他作品雖然一再入圍直木獎、吉川英治文學新人獎等獎項，卻總是鎩羽而歸。

在銷售方面，他也不是那種只要出書就大賣的暢銷作家。在打著「江戶川亂步獎」招牌的出道作《放學後》創下十萬冊的銷售紀錄之後（江戶川亂步獎作品通常都能賣到十萬冊），整整歷經了十年，東野才終於以《名偵探的守則》（一九九六）打破這個紀錄，而眞正能跟「暢銷」兩字確實結緣，則是在《祕密》之後的事了。

或許是出道作《放學後》帶給文壇「青春校園推理能手」的印象過於深刻，東野圭吾本人雖然一直想剝下這個標籤，過程卻不太順利。書評家往往不是很關心他在寫作上的新挑戰。這也難怪，在東野出道後兩年，也就是一九八七年，以綾辻行人等年輕作家為首，提倡復古新說推理小說的「新本格派」盛大興起。從文風與題材選擇看來，東野圭吾作品用字簡單，謎題不求華麗炫目，內容既不夠社會派又不像新本格，自然不會是書評家們熱心關注的對象。

就這樣出道十餘年，雖然作品一再入圍文學獎項，卻總是未能拿到大獎；多少有機會再版，卻總是無法銷售長紅；傾注全力的自信之作，卻連在雜誌的書評欄都占不到個像樣的位置。

所以我才會說，東野圭吾是個不幸的作家。說眞話這何止是不幸，實在是坎坷，簡直像是不當的拷問。

在獲得江戶川亂步獎後，抱著成為「靠寫作吃飯」之職業作家的決心，東野圭吾辭去了在大阪的穩定工作來到了東京。這個決定使得他沒有退路，不管遭遇什麼樣的挫折，都只能選擇前進。於是只要有機會寫，東野圭吾幾乎什麼都寫。

二〇〇五年初，個人有幸得以見到東野圭吾本人並進行訪談時，曾經談到關於他剛出道不久時，在推理小說的範疇內不斷挑戰各式題材時期之心境。他是這麼回答的：

「那時的我只是非常單純地覺得自己必須持續寫下去，必須持續地出書而已。只要能夠持續出書，就算作品乏人問津，至少還有些版稅收入可以過活；只要能夠持續地發表作品，至少就不會被出版界忘記。出道後的三、五年裡，我幾乎都是以這種態度在撰寫作品。」

不過畢竟是背負著亂步獎的招牌出道，畢竟是身處日本泡沫經濟蓬勃、推理小說新風潮再起的八〇年代後半至九〇年代，向其邀稿的出版社當然也都希望東野圭吾能夠以「推理」為主題書寫。配合這樣的要求，以及企圖擺脫貼在自己身上那「青春校園推理」標籤的渴望，東野嘗試了許多新的切入點，使出渾身解數試著吸引讀者與文壇的注意。於是古典、趣味、科學、日常、幻想，在他筆下似乎沒有什麼題材不能入推理，似乎沒有題材不能成爲故事的要素。或許一開始只是爲了貫徹作家生活而進行的掙扎，但隨著作品數量日漸累積，曾幾何時也讓東野圭吾在日本文壇之中，確實具備了「作風多變多樣」這難以被輕易取代的獨特性。

是的，東野圭吾是位不幸的作家。但也因此我們才得以見到，那些誕生於他坎坷的作家路上，由歷經幾多挫折仍不屈的堅持所淬煉而成，在簡素之中卻有著數不清面貌的故事。以讀者的角度而言，能與這樣的作家共處同一個時代，還眞是宛如奇蹟一般的幸運。

在推理的範疇裡，東野圭吾從不吝惜挑戰現狀。從初期以詭計爲中心的作品，漸漸發展出許多具有獨創性，甚至是實驗性的方向。其中又以貫徹「解明動機」要素（WHYDUNIT）的《惡意》（一九九六）、貫徹「找尋凶手」要素（WHODUNIT）的《誰殺了她》（一九九六）、貫徹「分析手法」要素（HOWDUNIT）的《偵探伽利略》（一九九八）三作，可說是東野在踏襲傳統推理小說元素之下，卻又充分呈現了屬於現代風貌的鮮麗代表作。

而出身於理工科系的背景，也讓東野在相較之下，比其他作家更擅長消化並駕馭以科技爲主軸的題材。像是利用運動科學的《鳥人計畫》（一九八九）、涉及腦科學的《宿命》（一九九〇）和《變身》（一九九一）、生物複製技術的《分身》（一九九三）、虛擬實境的《平行世界戀愛故事》（一九九五），還有之後以湯川學爲主角展開的「伽利略系列」裡，東野都確實地將自己熟悉的理工題材，在分解組合後以最簡明的方式呈現在讀者眼前。

另一方面，如同「處女作是作家的一切」這句俗語所述，高中第一次寫推理小說便企圖切入當時社會問題的東野圭吾，由《以前，我死去的家》（一九九四）中牽涉兒童虐待的副主題爲開端，對於社會人心的描寫，似乎也成了他作家生涯的重要課題。例如以核能發電廠爲舞臺的《天空之蜂》（一九九五）、試探日本升學教育問題的《湖邊凶殺案》（二〇〇二）、直指犯罪被害人及加害人家屬問題的《信》（二〇〇三）和《徬徨之刃》（二〇〇四），都在在顯露出東野對於刻畫社會問題與人性的執著。

東野圭吾這種立足於推理，進而衍生至科技與人性主題上的寫作傾向，在發表於二〇〇五年的《嫌疑犯X的獻身》中，可說是達到了奇蹟似的調和，也因爲這部作品，在二〇〇六年贏得各種獎項，讓東野圭吾正式名列「家喻戶曉的暢銷作家」之列。加上這幾年來，東野作品紛紛電視電影化，他的不幸時代成爲過去，並站上前人未達之高峰。二十年來的作家生涯開花結果，創造了日本推理文壇近年來難得一見的奇蹟。

好了，別再看導讀了。快點翻開書頁，用你自己的眼睛與頭腦，去感受確認東野作品中理性與感性並存，而又如此引人入勝的獨特魅力吧！那將會勝於我在這裡所寫的千言萬語。

本文作者介紹

林依俐，一九七六年生。嗜好動漫畫與文學的雜學者。曾於日本動畫公司GONZO任職，返國後創辦《挑戰者月刊》並擔任總編輯，現任全力出版社總編輯，另外也負責線上共享閱讀平台ComiComi（http://www.comibook.com/）的企畫與製作總指揮。

01

超稅金對策殺人事件

《冰街殺人事件　第十回》

1

終於來到這裡了，芳賀站在旭川車站前這麼想著。逸見康正肯定就在這城市的某個地方。

冰雪覆蓋的路面上殘留許多鞋印，他突然覺得說不定其中便有逸見的足跡。他踏出一步，體會踩在凍硬積雪上的觸感，腳底發出唰唰踏雪聲。

這時，身後傳來細小的慘叫聲。回頭一看，靜香顫顫巍巍地難以舉步。她察覺芳賀的視線，露出羞澀的表情。

「我腳滑了。」

「小心點。抵達飯店之後，我們先去買雙適合雪地的靴子吧。」

芳賀指向靜香的腳邊，她穿著黑高跟鞋。

「穿那雙鞋沒辦法在這種地方走路。」

「嗯，說的也是。」

話聲剛落，靜香的腳底又滑了一下。她尖叫一聲，完全失去了平衡。芳賀連忙抓住她的右手，順勢抱住她的身體。

「妳沒事吧？」

「嗯……不好意思。」

靜香抬頭望著芳賀，細薄的雪花沾上她的睫毛，瞳孔彷彿因融雪而濕潤。芳賀盯著她的眼眸，內心湧起一股不尋常的悸動。他像要斬斷那情緒似地放開了手。

「請小心。」他說，「妳現在的身體狀態不比平常。」

「嗯，我知道。」靜香低頭回答，而後再度抬頭看著他。

「可是，他真的在這裡嗎？」

「根據這個訊息，他應該在這裡。」芳賀從皮大衣口袋裡掏出一張紙條。

上頭寫著一排難以理解的數字和英文字母，那是逸見康正留下的唯一線索。昨晚芳賀將那幾個字重新排列組合後，拼出了「ASAHIKAWA」，也就是「旭川」。

「總之我們先到飯店吧，一直杵在這種寒冷的地方，對身體不好。」

芳賀拿著兩人的行李，緩緩朝計程車招呼站走去。他邊走邊告誡自己，「這女人是逸見最重要的人，是你摯友的未婚妻，你究竟在期待些什麼？她可是懷著和逸見的愛的結晶。」

搭上計程車後

咯噔咯噔匡啷！

樓下發出一陣巨響。我在電腦螢幕上打出「搭上計程車後」便停下手，走出房間，往樓下呼喊：

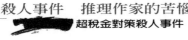

「喂，怎麼了？」

沒有人回應，於是我走下樓。

只見妻子在廚房流理台前的地上躺成大字型，裙子翻起，內褲一覽無遺。

「哇，妳怎麼了？振作一點啊！」

我搖晃著妻子，劈啪劈啪地拍打她的臉頰，好不容易讓她稍微清醒了些。

「啊，老公……」

「妳到底怎麼了？」

「這、這個，你看這個。」她遞來抓在右手的紙張。

那是濱崎會計事務所寄來的文件，老闆濱崎五郎是我高中時代就認識的朋友。我當小說家十年了，今年的收入比往年多出不少，爲了準備明年春天報稅一事，前陣子我去找濱崎商量。以往我都自行處理報稅相關事宜，這意謂著我之前的收入少到自己隨便弄弄便能蒙混過關。

紙上概列出我明年春天必須繳交的稅金金額。

起先我恍惚地看著那串數字，接著仔細盯著它，最後數起了有幾個０。

「哈哈哈……」我笑了出來。

「哈哈哈哈、哈哈哈哈。怎麼可能？哈哈哈、哈哈！」

「老公！振作啊！」這次換妻搖晃我的身體。

「怎麼可能會有這種事情！這太亂來了，胡說八道、亂七八糟！爲什麼我要繳這些錢？哈哈哈……」

「現實就是如此，不繳不行呀。國家要徵收這麼多錢……」

「開玩笑啦。這一定是開玩笑！我辛苦賺來的血汗錢……怎會有那麼蠢的事？」我掉下眼淚，嚎啕大哭。

「喂，怎麼辦？我們哪有這麼多錢，這該如何是好？」妻子也一把鼻涕一把眼淚地哭了，臉皺成一團。

「把濱崎找來！」我命令妻子。

2

三小時後，濱崎五郎來了。明明都年底了，他還捲起白襯衫袖子，脖子上微微冒汗。看著這樣一個大汗淋漓的胖子，旁人都熱了起來，彷彿光這個人踏入屋內，室溫就升高了兩、三度。

「你看過那份報表了吧？」濱崎一進屋便劈頭問道。

「看過了。」我說，「嚇得腿都軟啦。」

「我想也是。啊，謝謝。」濱崎將妻子端來的咖啡一口飲盡。

「那個數字是怎麼回事？不是開玩笑的嗎？」

「我知道你希望是在開玩笑，可惜並不是。那是根據你今年的收入與交給我的收據試算出的金額，申報時會再仔細計算一次，不過應該不會差太多。」

「也就是說，我得繳那麼大一筆錢……」

「嗯。雖然很同情你，但你也只好繳了。」

聽濱崎這麼說，一旁的妻子又啜泣起來。

「妳到樓下去！」我對妻子說，於是她以圍裙按著眼角步下樓梯。她頭上纏著繃帶，因爲之前暈倒時撞了個大包。

「喂喂，眞的沒辦法了嗎？」我問濱崎。

說來丟人，我隨即換上諂媚的口吻。

「如果你早點找我商量，還有很多方法可用，但現在都十二月了……」濱崎垮著臉，「唉，你就盡量多找些收據吧，那是最簡單的解決之道。」

「可是前陣子交給你的那些收據，是我手上僅有的了……」我嘆了口氣。

「噢，關於這點，有些狀況該跟你談談。」濱崎說。

「出了什麼狀況？」

「你交給我的收據中，有兩、三張必須再確認一下。」濱崎從黑公事包裡取出檔案夾。

「確認什麼？每張都是眞正的收據呀。」

「雖然沒錯……」濱崎打開檔案夾，「首先是這張。你四月出國旅行了吧？嗯，去夏威夷……」

「那有什麼不對嗎？」

「我在想該以什麼名目作帳。」

「有什麼好想的？當成取材旅行不就得了？」

「我原本也打算那麼做。不過，你今年寫的小說完全沒提到夏威夷吧？」

我回想今年的作品，共寫了四則短篇小說，其他都是長篇連載，確實都沒出現夏威夷的情節。

「好像是。」我回道，「那樣不太好嗎？」

「不太好。應該說，很糟糕。」濱崎以肥短的手指搔了搔頭。

「最近國稅局新增了專門稽核文字工作者收入的人員，他們會將負責的作家作品全看過一遍，毫不含糊地挑出這種小地方。」

「嗚……」我又想哭了，「這表示夏威夷的旅費不能當取材經費嘍？」

「正是。」

「怎麼會這樣？不能說我打算將夏威夷的見聞寫在明年的作品中嗎？這下他們就沒話說了吧？」

「應該不會有什麼意見，只是相對地，大概會要我們把這筆經費留待明年申報。」

「這些虐待狂！」我破口大罵，「國稅局的職員肯定是群將自己的快樂建築在別人痛苦上的傢伙。」

我當然是在開玩笑，但濱崎沒笑，還一臉無動於衷地應道，「他們就是那種人。我聽熟識的稅務員說過，他們會優先採用有虐待傾向的人。」

「救救我啊！」我抱著頭大喊。

「你沒辦法在今年寫出一部提到夏威夷的小說嗎？」濱崎問。

「塞不進去啦！這是我今年最後一份工作了。」我指著電腦說。螢幕上顯示著妻子暈倒時我寫好的部分。

濱崎瞄了螢幕一眼。

「那是你正在寫的小說嗎？」

「嗯。預定刊載於下個月的雜誌，已連載到第十回了。」我伸手拿冷掉的咖啡。

「無法在那部小說中提到夏威夷嗎？」

聽濱崎這麼說，我差點噴出咖啡。

「別胡說八道了，故事背景是北海道耶！和夏威夷根本八竿子打不著。」

「你是小說家吧，那就設法插進夏威夷的場景。還是你想繳更多稅金？」

「我可不想。」

「不想就照我的話做，再說……」濱崎又看著檔案夾，「你在夏威夷買了不少東西吧？還打了高爾夫？關於這些支出，希望你也盡量編些理由出來。」

「理由？」

「正當的藉口啊。好比，小說中如果出現主角在夏威夷購物或打高爾夫的情節，便能主張這些支出是爲了取材。」

「不能說我原本打算寫，但臨時改變主意，變更了劇情嗎？」

「對方能夠接受這個理由就好了……」濱崎沉著臉，雙臂交抱，「我想大概不可能。」

「因爲他們是虐待狂嗎？」

「對啊。」

「可是，事到如今我無法將場景從旭川換成夏威夷呀！主角總算解開暗號抵達旭川，而且我還實際到旭川旅行取材，這樣小說裡也不得不出現旭川吧？」

「唔，這個待會兒再想辦法，其他還有很多要討論的。」

「還有嗎？」

「這個。」濱崎從檔案夾裡拿出一疊收據。

「那些又怎麼了？有什麼不妥？」

「這些都難以列入工作經費。譬如這張女用大衣十九萬五千圓的收據，這是買給尊夫人的吧？」

「那是今年一月趁大拍賣的時候買的，不行嗎？」

「不是不行。你孝敬尊夫人沒關係，只是這很難算進工作經費吧？」

「爲什麼？不滿二十萬圓，應該能當消耗品處理吧？我是因此才拚命找價格接近又不超過額度的收據出來耶。」

「不過，這是女用大衣，你工作上用得著嗎？」

「呃……」我抱著胳臂低吟。

「還有這個。」濱崎又拿出另一張收據，「紳士用品，包括西裝、襯衫、領帶與皮鞋，總計三十三萬八千七百圓。」

「那全是我的衣服。」我應道，「可以列入吧？那是我爲了工作買的。」

「怎麼說？」

「我穿去參加日本推理作家協會的派對，還有雜誌訪問時的彩頁攝影。」

「嗯……」濱崎搔搔頭，「這很難算耶。」

「爲什麼？這哪裡難算？」

「你別氣嘛，總之處理服裝類的開支很麻煩。從事你這行的人，的確只有在公開場合才需要穿西裝打領帶，可是稅務員才不吃這套，他們絕對會主張你私下也可能穿。」

「我才不會！」我說，「誰會私下穿亞曼尼的西裝啊！我平常都穿牛仔褲和圓領衫，這你不也知道？」

「我知道，問題是國稅局才不理你那套說詞。」濱崎皺起八字眉。

我不禁「嘖」了一聲。

「那他們究竟要怎樣才能接受……」

「基本上，他們認可的消耗品，僅限工作上使用過就不能再做爲他用的物品，像是文具用品。」

「文具用品也能用在工作之外呀。」

「所以那是比例問題，國稅局單方面認爲在非工作場合穿高級服裝的機會較多。」

「難道他們就這樣擅自認定、擅自徵收稅金嗎？」

「那是國稅局的方針，換句話說，那也是我們國家的方針。」

我踹了踹桌腳代替罵髒話。但那是不鏽鋼製的，一踢之下，痛得我差點哭出來。

「還有……」濱崎說。

「還有什麼？」

「你上個月買了電腦吧？」

「嗯，就是這台。」我指著桌上的電腦。

「我丟掉舊型文書處理機橫下心買的，這總能列入工作經費了吧？」

「行是行，但不能以消耗品的名目列帳。」

「咦？這話什麼意思？」

「收據上標示的購買價格是二十二萬圓。原則上，超過二十萬圓的物品要當固定資產，所以會列入折舊費用。」

「隨便啦，反正這二十二萬圓會列爲工作經費吧？」

「不是直接全額列入，而是根據耐用年數，將該年減少的價值當成折舊金額來列帳。講得簡單一點，就是計算今年使用了這二十二萬圓之中的幾分之幾。」

「那種東西也算得出來嗎？」

「當然，什麼東西都有公式可算喔。這台電腦今年只用了兩個月……頂多算幾千塊吧。」

「咦……」

「還有這個，你好像買了卡拉ＯＫ伴唱機？」

「這是我們夫妻共同的興趣……」我猛然驚覺，「那套機器總共花了幾十萬，也要以折舊公式計算嗎？」

「不，幸好這個按項目細分了，沒必要那麼做。」

「得救了。」

「但是……」濱崎說，「你的工作需要用到卡拉ＯＫ伴唱機嗎？」
「什麼？」
「我從沒聽過寫小說還需要用到卡拉ＯＫ伴唱機，國稅局一定會就這點駁回你的申請。」
我抱著頭，「那到底要怎麼樣嘛！夏威夷旅行、大衣、亞曼尼、卡拉ＯＫ伴唱機都不能列入工作經費，連電腦的金額他們也只承認一小部分嗎？」
「其實除了這些，可能還有很多無法被承認的收據。不過這挺難以啓齒的……」濱崎看著檔案夾，臉皺成一團。
「老實說，上次寄給你的那份報表，是我假裝沒看到這些問題而計算出來的。要是國稅局檢查出這些東西，你的應報稅額會更高。」
「大概多少？」
「我覺得你最好別問，可是不告訴你也不行啊。」
濱崎先說個開場白，讓我有點心理準備，然後講了某個金額。
我頓時頭暈目眩，勉強才能穩穩坐在椅子上。
「我哪來那麼大筆錢啊？」
「你這是常見的案例。收入突然增加是好事，但就是會有人忘了還要繳稅金，把錢花得一乾二淨。」
「你別事不關己地在那邊說風涼話！」
「才不是這樣，我也在設法幫你啊。況且，你還要付住民稅（1）呢。」

「住民稅？」我看著濱崎，「你剛才說的稅金，不是包含了住民稅嗎？」

「不好意思，那只有所得稅。」

「那住民稅……」

「我大略計算了一下……」濱崎拿出計算機劈劈啪啪地按了按後，說出一個金額。

這次我眞的要昏過去了，有種「啊，我不行了」的感覺。

但在我暈倒之前，房門外傳來咚咚巨響。我回過神，跑出房間。

只見妻子像上海雜技團的少女般，手腳糾結成一團地倒在樓梯下方。

我慌忙奔下樓抱起她。她口吐白沫地呢喃，「稅金、稅金……救人喔……」看來她似乎在門外偷聽到我們的談話，才嚇得滾下樓梯。

我輕輕放下妻子，衝上樓一把揪住濱崎的領口。

「哇，你幹什麼？」他臉上浮現恐懼的神色。

「我願意做任何事情減少稅金。無論什麼事情我都做，什麼小說我都寫。你告訴我該怎麼做！」

濱崎震懾於我的氣勢，肥短的脖子不住點頭。

1 日本居民設籍於市町村或道府縣需繳納的稅款，是地方稅的一種。

3

《冰街殺人事件　第十回》

終於來到這裡了，芳賀站在火奴魯魯機場前這麼想著。逸見康正肯定就在這座島的某個地方。

反射在路面上的陽光炫目刺眼，他不禁皺起眉頭。

身後傳來細小的尖叫聲。回頭一看，靜香跌了一跤。

「我的高跟鞋鞋跟斷了。」

「小心點。抵達飯店之後，我們先去買雙海灘涼鞋吧。」

芳賀看著她身上的大衣繼續道：

「還有夏天的衣服。」

「嗯，是啊。真是熱死人，這身大衣已經用不著了。」

靜香脫下大衣，劈啪一聲撕開，丟在路上。

「爲什麼她非得撕開大衣不可？」我問身旁的濱崎，是他要我寫出這種場景的。

「你可以聲稱，爲描寫這個場景而實際撕裂了一件女用大衣，這麼一來便能將購買大衣的費用以實驗材料費的名目列入工作經費。只是當稽查員來調查的時候，你們得藏好那件大衣。」

聽到濱崎這麼一說，我才恍然大悟地點頭。

「那我的西裝也依這個方法處理，就能列入經費了。」

「嗯。可是衣服一撕再撕，未免太了無新意。」

「我知道啦。」我敲打起鍵盤。

芳賀看著她的舉動，也想脫衣服了。他脫下亞曼尼西裝，取下領帶，脫掉襯衫，接著以打火機點火燒掉那些衣物。亞曼尼的西裝質料相當易燃，他順手將鞋子丟入火焰中，不久便傳出皮革燃燒的臭味。

「這樣舒服多了。」芳賀身上只剩一件平口內褲。

「嗯，舒服多了。」

靜香仰望天空，臉上沾著細小的砂粒，額上冒出的汗珠滑落臉頰流至頸項。芳賀盯著那汗珠，漸漸有了身處夏威夷的實感。他腦中不自覺地響起一首歌：

晴——空萬里——

清——風徐來——

「太老套了，你不會唱新一點的歌嗎？」濱崎插嘴。

「我一下子想不出跟夏威夷有關的歌嘛。」

「算了。反正你就這樣不時將歌曲加進小說中，這麼一來，卡拉ＯＫ伴唱機便能以資料和資料搜尋器材的名義列入經費。」

靜香隨著芳賀的歌聲翩翩起舞，但她兩腳不小心絆在一塊兒，險些跌倒。芳賀連忙撐住她。

「請小心。」他說，「妳現在的身體狀態不比平常。」

「嗯，我知道。」靜香低頭回答，而後再度抬頭看著他。

「可是，他真的在這裡嗎？」

「根據這個訊息，他應該在這裡。」芳賀從平口內褲裡掏出一張紙條。

上頭寫著一排難以理解的數字和英文字母，那是逸見康正留下的唯一線索。三天前芳賀將那幾個字重新排列組合之後，拼出了「ASAHIKAWA」，也就是「旭川」。

「好，問題是接下來該怎麼辦。」我說。

「前一回連載中有了解讀暗號的場景，『ASAHIKAWA』的答案曾出現過，這要怎麼處理？」

「讓主角也去旭川不就得了。」濱崎不負責任地說，「但那不是正確解答。讓他們在那裡發現另一個暗號，指出目的地是夏威夷如何？這樣去旭川旅行取材的費用也能請款了。」

「可是這挺牽強的……」話雖如此，我還是決定按照濱崎的意見繼續寫下去。

兩天前，芳賀和靜香曾根據這個暗號前往旭川。街道上覆蓋著白雪，兩人並肩走在結冰的白色道路上。

兩人在旭川市內找到逸見康正的祕密工作場所，但逸見不在那裡。不，不僅不見人影，那裡已完全成了一間空蕩蕩的房子。

「這是怎麼回事？暗號指出的明明是這個地方呀。」芳賀氣憤不已，以拳頭猛捶牆壁。

「請等一下，這裡寫了奇怪的字。」靜香指著屋內一隅。

芳賀望向那邊，角落的牆上刻有幾個文字：

「ㄇㄟˊㄧㄡˇㄙㄢˇ　ㄧˋㄐㄧㄢˋㄌㄧㄡˊ」

「沒有傘，逸見留……什麼啊？」芳賀讀出這段文字後，回頭看著靜香，「妳覺得這是什麼意思？」

「我不知道。」靜香搖了搖頭，「下雨了，可是沒傘很傷腦筋嗎？」

「我不認為他會特意將這種小事刻在牆上。」

「說的也是。」靜香皺起眉，偏著頭道。

芳賀再次盯著牆上的字。暗號指示的肯定是這裡，也就是說，逸見應該知道芳賀和靜香會來，這段謎樣的文字鐵定是寫給兩人的。

「ㄇㄟˊㄧㄡˇㄙㄢˇ……」

ㄇㄟˊㄧㄡˇㄙㄢˇ、沒有傘、KASAGANAI（2），各種文字呈現方式閃現芳賀腦中。

思考片刻，他的眼前掠過一道光。

「我懂了。」芳賀擊掌，「我明白了，靜香小姐。」

「咦？這句話是什麼意思？」

芳賀攤開記事本，以原子筆寫下「ASAHIKAWA」。

「從中去掉KASA（3）。」他說。

「咦，傘？」

「KASA——K、A、S、A。」

芳賀從「ASAHIKAWA」中去掉K、A、S、A四個字母，剩下「HIAWA」。

「這些字母重新排列便是H、A、W、A、I。換句話說，就是夏威夷！」

「夏威夷……」靜香睜大眼睛。

「沒錯，逸見在夏威夷。」芳賀隔著窗戶，指著南方的天空。

「我們走吧，靜香小姐。去夏威夷。」

「好。」她堅定地回答。

於是兩人來到了夏威夷。

「好，幹得好。」我看著電腦螢幕點頭，「總算成功將兩人帶到夏威夷了。」

「這不是辦到了嗎？不愧是職業作家。」濱崎欽佩道。

「接下來只要將舞台從旭川換到夏威夷，順著劇情寫下去就行了。」

「你在說什麼啊？還有很多得想辦法消化掉的收據呢。」濱崎從檔案夾中拿出單據，在我面前晃呀晃的。「首先是在夏威夷購物和打高爾夫的開支。如果將這些場景加進小說，多少能搪塞過去。」

「我知道了。」我再度對著電腦努力安排情節。

芳賀和靜香在飯店辦妥住房手續後，便先前往夏威夷最大的購物中心Alamoana。這是為了避免地下組織察覺兩人並非單純的旅客，誰知道那些目光銳利的傢伙會躲在哪裡偷窺呢。

靜香買了一個包包、五件衣服和三雙鞋子，芳賀買了斜紋長褲、襯衫和Ferragamo的鞋子。靜香還買了些許香水和化妝品。

「這下看起來總算像普通旅客了吧。」芳賀雙手提著紙袋說。

「是啊。來到夏威夷卻完全不買東西，周遭的人一定會覺得我們很奇怪。」

「沒錯。在順利找到逸見之前，我們絕不能被盯上。」

2「沒有傘」的日文發音。

3「傘」的日文發音。

「真的能找得到康正嗎？」靜香不安地說。

「放心，我一定會找到他。」芳賀拍胸脯保證。

「可是完全沒線索。」

「不，有的。逸見愛打高爾夫到廢寢忘食的地步，來夏威夷，他不可能不去打球。我們到夏威夷的每個高爾夫球場看看，必定能發現蛛絲馬跡。」

「就算去了，如果只是向球場員工打聽，恐怕不會有什麼收穫。」

「妳說的沒錯。所以，雖然這麼做有點辛苦，但我們也只好每個高爾夫球場都實際打打看了。」

「是啊，雖然很累人。」

兩人走進附近的高爾夫球用品店，買了整組球桿、球袋、球鞋，及兩套同款的高爾夫球裝。

4

濱崎輕快地敲打按鍵，看著液晶螢幕，嘀咕了一聲後將計算機對著我。

這次換我呻吟了。

「還不夠。」濱崎說，「你有沒有其他收據？不是那種一、兩萬的小金額，而是幾十萬的收據。」

「沒有。」我嘆了口氣，「我既不去銀座的酒吧玩，也沒租工作室。」

「小說的情況怎麼樣？還有篇幅可用嗎？」濱崎問我。

「不，這一回差不多該結束了。」

「那就得有效運用所剩不多的篇幅。」

連載小說《冰街殺人事件》的劇情已被我們改得面目全非。兩個主角去了好幾個高爾夫球場、乘快艇出遊與大肆購物後，在毫無所獲的情形下決定回日本。一抵達成田機場，又馬上趕往草津溫泉。不用說，這當然是爲了將今年秋天的溫泉旅行開支列入取材經費。

此時傳來上樓的腳步聲，似乎是妻子。

「老公。」她邊開門邊說。

「這個能不能派上用場？」她將手上的信封交給我。

「那是什麼？」

「收據，我回娘家拿來的。」

「噢，那太好了。」我接過信封，抽出裡面的東西。

「太太眞賢慧啊。」濱崎拍馬屁地稱讚道。

妻子的娘家就在附近，走路約十五分鐘。

「可是，那些幫得上忙嗎？」妻子擔心地問。

「嗯……」看過收據之後，連我都察覺自己的臉色立刻沉了下來。

「如何？」濱崎問。

「不行，這完全派不上用場。」我將那疊收據遞給濱崎。

「讓我瞧瞧。」他瀏覽了那疊收據，不久後也面露難色。

「果然不行吧？」我說。

「改建浴室五十六萬、修理汽車十九萬……」濱崎抓了抓頭，「如果是你們家的浴室和汽車，倒還勉強說得過去，但這是尊夫人娘家的……」

「如果當成取材呢？」我問，「讓改建浴室和修理汽車的場景出現在小說中。」

「不，應該不行吧。因爲改建的浴室和修理後的汽車是尊夫人娘家的親戚在使用，這會涉及贈與稅。」

「這樣啊。」

「不過……」濱崎手抵額頭，「若是爲了工作而故意破壞浴室和汽車，說不定有辦法。」

「咦？這話是什麼意思？」

「就當是寫小說需要參考，才刻意破壞尊夫人娘家的浴室和汽車，可是又不能破壞完就算了，所以修理費用由你負擔。」

「原來如此。」我問濱崎，「不過，非得蓄意破壞浴室和汽車才寫得出來，那是怎麼樣的小說？」

「思考這件事是你的工作吧？嗯，接下來金額比較高的收據是……」濱崎翻了翻妻子拿來的那疊收據，「掛軸二十萬、陶壺三十三萬……爲什麼會有這種收據？」

「家父喜歡骨董。」妻子答道。

「他每個月會去骨董店好幾次，買些看起來不值錢的破爛玩意兒……」

「嗯，這個可以用。」濱崎拍了一下膝蓋，看著我，「你，接下來在小說中寫一些骨董相關知識。」

「咦？可是我對骨董一竅不通。」

「沒關係啦，只要寫得煞有其事就行了。這樣你就能聲稱爲了學習小說中提到的骨董知識，買了幾件有參考價值的骨董當教材。」

「寫得像眞有其事，哪兒那麼容易呀……」我咯吱咯吱地抓著頭。

「要用這招的話，這個也行喔。」濱崎給我看了張收據。

那是美容沙龍的收據。我想起聽妻子說過丈母娘上美容沙龍的事。

「老公，這能不能用呢？」妻子遞來一張紙。我接過一看，是超市的收據。

牛肉、蔥、豆腐、蒟蒻絲、雞蛋——上頭列著今晚壽喜燒的材料。

5

《冰街殺人事件　第十回》（續）

芳賀開車從草津溫泉街出來，過了約二十分鐘後停下。沒鋪柏油的道路旁是一棟白色建築物，後面緊鄰樹林，四周僅此一戶民宅。

「根據推理，逸見應該在這裡。」芳賀下車，抬頭看著屋頂說。

「不知道該從哪裡進去。」靜香左右張望。

「當然是從玄關嘍。」芳賀邁開腳步，又旋即佇足，再度盯著建築物。

「真奇怪，玄關在哪？」

「我也很納悶。」靜香應道。

仔細一看，這是棟怪異的建築物。整座房子以白牆包覆，沒有大門，只有一扇小窗戶。

芳賀將車開到唯一的窗戶下方，站上汽車前蓋透過小窗戶窺視屋內。裡面一片漆黑，但仔細一看，有人倒在黑暗之中。

「喂！」他出聲呼喊，對方卻完全沒反應。

芳賀思考著有什麼辦法能由窗戶進入屋內。然而，窗戶大小僅三十公分左右，人根本鑽不過去。

「有人在裡頭，我們救他出來吧。」芳賀對靜香說。

「怎麼救？」

「包在我身上。」

芳賀一上車便不加思索地倒退，然後將車頭對準建築物全力踩下油門。

隨著一聲巨響，芳賀受到強烈的衝擊。車頭整個凹陷，而那面牆也搖搖欲墜。

芳賀再次倒車衝撞建築物。牆壁這回完全倒塌，那裡似乎是浴室。

（為了描寫這個場景，必須破壞浴室和汽車做實驗。將兩者的修理費列入工作經費。）

「啊，康正。」靜香叫道。

逸見康正面無血色的倒在浴室裡。芳賀摸了摸他的脈搏，他不可能再睜開眼了。

「他死了。」芳賀低聲道。

靜香放聲大哭。

芳賀檢查逸見的屍身，發現他的後腦勺出血，似乎遭人以什麼東西毆打過。

芳賀環顧四周，白底上描繪著鮮豔圖案的古伊萬里陶壺映入眼簾。

「看來這就是凶器。」芳賀說。**（為了描寫古伊萬里陶壺，購入骨董數件做為參考資料。將購買費用列入工作經費。）**

「這太過分了。」靜香哭腫了雙眼，瞪著陶壺。淚水模糊了眼影，在臉頰上留下兩道藍色淚痕。這種眼影是今年的流行色，女性通常會連玫瑰色口紅一起購買。**（為了描寫這個場景，購入化妝品十餘件做為參考資料。將購買費用列入工作經費。）**

「總之我們報警吧。」芳賀再度發動引擎，但汽車似乎因剛才的撞擊故障了，完全發不動。

「傷腦筋，現在不是拋錨的時候。」

「我們攔車吧。」

靜香站在路肩，微微拉高迷你裙，擺出撩人的姿勢攔車，卻沒任何車輛肯停。

「怎麼可能有這種事。」靜香氣得牙齒嘎吱作響。**（練習讓牙齒發出聲音時，弄壞了假牙。列入工作經費。）**

不久，一輛車停下了，駕駛卻是位女性。

「妳那副德性是攔不到車的。」女駕駛說。

「哎呀，沒禮貌！」靜香發火了。

「我載妳一程吧，上車。」

幸好靜香攔下了那輛車，且對方願意載，於是芳賀也一同上車。

「請到警察局。」他說。

「待會再說，總之你們先跟我來。」女駕駛應道。

對方載芳賀和靜香到美容沙龍。

「來，這裡能讓人變美喔。」

芳賀和靜香被迫躺在床上，原來女駕駛是著名美容店的老闆。美容小姐在兩人全身塗上乳液按摩。**（將美容費用列入工作經費。）**

離開沙龍店後，兩人前往警察局。

他們帶著警察回到現場，只見剛才那棟白色建築物燒了起來。

「糟糕！」芳賀叫道，「犯人趁我們不在的這段時間縱火。」

他們馬上聯絡消防署。過沒多久，消防車便趕來滅火，但建築物已燒掉了一大半。

芳賀清查燒毀的殘跡，卻怎麼也找不到逸見的屍體。

「真奇怪，他的屍體哪兒去了呢？」芳賀低喃。

他在殘跡中找到幾樣物品。首先是五件燒成灰燼的女用和服，其中一件是大島綢。每一件都炭化了。**（購入和服五件，燃燒實驗。將和服購買費用列入工作經費。）**

接著找到的珍珠項鍊和一克拉鑽戒也燒成炭了。**（同樣將項鍊和鑽戒購買費用列入工作經費。）**

「還找到什麼其他的嗎？」芳賀詢問繼續調查殘跡的刑警與搜查員。

「被害者似乎在這裡生活了幾天。」刑警說，「留下一些像食物的東西。」

「有些什麼東西？」

「嗯……」搜查員回答，「牛肉、蔥、豆腐、蒟蒻絲、雞蛋……」**（為了解這些食品燃燒後的狀態而進行實驗。材料費用列入工作經費。）**

二月二十日，我請濱崎代爲報稅。

我使用蠻幹的手法，成功生出了龐大的必需經費。如此一來，儘管收入高於往年，稅金應該還是會回到我手中。我們舉杯慶賀，高呼三聲萬歲。

但三月二十日時，國稅局找我過去一趟，要求我提出必需經費的明細表。

我一併提交了〈冰街殺人事件　第十回〉的原稿影本，可是除了少數款項外，大部分經費國稅局都不予承認。

最後，國稅局要求我繳交巨額稅金。

我和妻子束手無策。

到現在我還是一籌莫展。

自從寫出〈冰街殺人事件　第十回〉後，便沒有出版社來邀稿。
《冰街殺人事件》的連載也喊停了。
怎麼辦？

02

超理科殺人事件

（對本小說敏感者請跳過）

1

好久沒到車站那一帶逛逛了。今天是個風清氣爽的星期日，我決定去走走。平常我大多搭公車，其實走路也不過二十分鐘左右。

我一到車站就先前往書店。我原本計畫買推理小說文庫本（1）後，到柏青哥店打打小鋼珠再回家。

今天是假日，書店裡人很多，不過大多都聚集在雜誌區。年輕女孩注意的是流行雜誌，男性則在尋找刊載了清涼照片的雜誌。以摩托車、運動等爲主題的雜誌也出了不少，據說專門報導電視節目的雜誌最近也賣得相當不錯。

但大批雜誌中也有許多不幸停刊的。有些是在過度競爭下慘遭淘汰，也有的是因該領域整體受歡迎的程度下降。

科學類雜誌就是個好例子。

我記得以前有段時間，好幾家出版社爭相出版科學雜誌，近來則少了許多，讀者不愛看科普類書籍肯定是原因之一吧。像我這樣會爲喜愛的科學雜誌停刊而感到失望的人到底是少數。

除了雜誌區外，人氣最旺的就是漫畫區了。但每冊漫畫都封了膠膜，無法當場翻閱，因此鮮少聚集人群。若能當場翻閱，書店裡想必會擠滿小孩。

文學區依舊人影稀落，連立著暢銷書牌子的書櫃前也沒半個客人。這就是賣十萬冊即能號稱暢銷的文學書籍，與初版印刷一百萬冊也不稀奇的漫畫之間的差異。

我是個鉛字中毒者，但向來不買硬皮書(2)。理由有三個，首先是價格高昂。其實只要耐心稍待，出版社就會發行低價的文庫本，我實在不懂特地花大錢買硬皮書的人在想什麼。

其次是攜帶不便。最近頁數多到像磚頭一樣的書激增，那種書既無法在通勤電車裡翻閱，也很難舒服地裹在棉被裡反折著看。

第三就是看完後很礙事。家裡空間不大，根本沒地方保存硬皮書。文庫本輕巧實在，就算丟掉也沒什麼好可惜的。

基於上述理由，我今天原先也打算直接走向擺設文庫本的書櫃。

但是……

當我經過陳設新書的平檯前時，心裡突然湧起一股不可思議的感覺。如果以較嚇人的說法形容，就像幽靈摸了我的臉頰一把，我卻不感到冷，反而感到一陣溫暖。我下意識地望向新書區。

我差點叫了出來。

從一疊疊書本中發出一瞬之光。定睛細看時，那道光已消失，不過我不認爲那是錯覺。

我將手伸向光源，那是本黑封面的硬皮書，名爲《超理科殺人事件》，作者是佐井圓州，這大概是摻雜了科學知識的小說吧。

---

1 普遍來說，日本出版社在新書出版一段時間之後，會推出尺寸較小、價格也較平實的版本，即爲文庫本。不過也有新書一發行就以文庫本上市。

2 日本新書出版時稱爲單行本，近年來單行本多以硬皮精裝的方式出版，因此硬皮書逐漸成爲新書的代稱。

我翻開封面，一頁頁看了起來。

2

摘自《超理科殺人事件》

成爲命案現場的研究室裡，有一面黑板大小的線上共同操作系統電腦螢幕。螢幕顯現的內容如下：

「考慮具備光源A與反射鏡C的系統，假設此系統以速度v做橫向移動，則從A射向C的光線不會被C反射。因光線抵達時，C已不在該處。這表示邁克生・摩里實驗(3)的見解有誤。如果光源與反射鏡在移動，且光線往返兩者之間，則光線並非單純地由A射向C，而是無方向性的散射球面波。那麼，移動於AC間的光線速度即爲 $c-v\cos\theta$。上述說明若以近似式代入即可解釋，換句話說，愛因斯坦錯了。」

螢幕旁是已斷氣的宇宙物理學家一石博士，他睡著般地趴在桌上。

助理發現屍體後，找來了與一石博士交情甚佳的野口博士。野口是醫學博士，也是生命工學界的權威。

野口仔細觀察屍體後，指示助理報警，理由是「有他殺嫌疑」。

刑警馬上從當地警局趕來，刑警檢視過後，歪著頭道：

「看來是壽終正寢。死者年事已高，沒有外傷，更無中毒跡象。」

但野口博士搖搖頭，「本所研究員的健康情形都經完善的檢查。一石博士確實年事已高，不過應該還有好幾年壽命。」

「可是老化現象總在不知不覺間降臨……」

聽刑警這麼說，野口皺起眉頭，深深吸了口氣。

「本研究所的醫療團隊掌握了每位研究員的老化狀態，且準確到細胞的程度。說起來，成體的哺乳類動物細胞可分爲永久性細胞、不穩定細胞與穩定細胞，這三種細胞都會隨著年齡增加而減少。舉例來講，人類末梢血管中的淋巴球數目會隨年歲遞減，是由於供給淋巴球的幹細胞減少，這種幹細胞便屬於不穩定細胞。另外，大腦皮質、小腦皮質的神經細胞及肝細胞也有相同情形。神經細胞屬於永久性細胞，肝細胞屬於穩定細胞。因此，觀察細胞的數量就能掌握一個人的老化程度，或者可藉由細胞容積的增加、細胞核的聚合情形再加以確認。不只細胞，細胞外基質也會依年齡增長產生變化，膠原會隨蛋白質間的架橋反應變得硬且脆弱，而基質中的蛋白質便透過葡萄糖的共有結合，將異常資訊傳達給細胞。關於細胞數爲何會減少，現今的主要學說認爲細胞所須的生存因子一旦不足，就會引發細胞凋零。除此之外，學者推定缺乏生存因子還會使細胞分裂變得困難。前述的穩定細胞雖能依需要分裂，但細胞分裂有海弗利克極限，譬如內皮細胞、纖維芽細胞、平滑肌細胞與神經膠細胞，都只能分裂五十到一百次。在此結構中，目前我們研究

3 邁克生・摩里實驗（Michelson Morley Experiment），探測地球相對於以太(ether)速度的實驗，基本原理爲測量光沿上游、下游及對岸往返所需的時間差別。

所關注的是染色體端粒。眞核細胞的染色體兩端存在以TTAGGG的重複序列組成的端粒，細胞每複製一次，端粒就會減少一小段。我們主張的假說是，當染色體端粒用完時，細胞分裂就達到極限。」

野口博士幾乎毫不停頓，滔滔不絕地一口氣解釋完後，以強硬的口吻向聽得目瞪口呆的刑警說：

「因此我們完全掌握了一石博士的老化程度，可以斷言他還沒老到壽終正寢的地步。換句話說，這是他殺。懂了嗎？」

「是，呃，好像懂了。」刑警搔搔頭，「不過，一石博士的死因是什麼呢？」

「嗯……」野口博士點了點頭道，「大概是腦部血栓吧。」

「腦部血栓……這麼說來，一石博士終究是病死的？」

醫學博士聽了露出厭煩的表情。

「同樣的事情要我重覆幾遍？我不是說了，一石博士的血管還沒老化到那種程度嗎？」

「所以是有人企圖引發他腦部血栓嗎？」

「這麼想比較恰當。」野口博士雙臂交抱，連點了兩、三下頭。

「這樣的事可能發生嗎？」

「若使用干擾素—α是可能的。」

「干擾素—α……那是什麼？」

「腦部血栓的成因爲血管老化，而掌握血管老化的關鍵就是包覆血管內壁的內皮細胞。內皮細胞增殖需要腦細胞或癌細胞所含的一種叫FGF的成長因子，如果沒有這種FGF，細胞不但會停止運作，還會引發細胞凋零。我們發現只要替病人注射某種藥物便能抑制FGF的分泌，那種藥物就是干擾素—α。換句話說，使用干擾素—α就能加速血管老化，引發腦部血栓或心臟病。」

「那麼，什麼地方會有那種干擾素—α？」聽著博士和刑警的對話，沉默至今的搜查一課警部大爲振奮地問道。

「細胞生物學實驗室裡應該有，若沒遭竊……」

聽了野口博士所的話，警部連忙帶著部下趕去。

3

站在新書平檯前讀到這裡，我闔上了《超理科殺人事件》。事實上，光看到這兒就花了我許多時間，爲了掌握登場人物之一的野口博士的談話內容，同一個段落我得反覆閱讀好幾次。此外，理解故事開頭那段螢幕上的文字也費了我不少工夫。

我拿著這本書去結帳，決定放棄購買文庫本，偶爾買硬皮書看看也不賴。

離開書店後，我走過柏青哥店，直接進入第一家映入眼簾的咖啡店。眞幸運！這家店燈光明亮，又沒什麼客人，這下能夠好好看書了。

我在最內側的座位坐下，點了咖啡後馬上翻開剛買的書。

故事裡的刑警開始搜查細胞生物學實驗室，干擾素—α的樣本果然被偷了好幾個。這些樣本雖然略有不同，但實驗室主任說明其間差異的部分眞的很不得了。畢竟作者使用大量專業術語，花了整整四頁解說。而且，說明完畢後，剛才那位野口博士又跑來針對其作用過程解釋了兩頁左右。

好不容易讀完這些段落，我將手伸向咖啡杯。咖啡早就涼了，我甚至不記得服務生是什麼時候送上來的。

我望著《超理科殺人事件》暗想，接下來還會繼續出現那樣的內容嗎？如果是的話，我覺得這本書簡直莫名其妙。同時，我也覺得看這種書看得興高采烈的自己有毛病。

我在國中教自然科學，自認是理科人。但如今學理科的人非常難生存，只要稍微提到相關話題，別人就會擺臭臉。

正因如此，既然有小說挑明就叫《超理科殺人事件》，豈可不讀？我也很好奇，作者究竟是基於何種創作理念寫出這本書。

故事背景設在國立超尖端科學研究所，其實這是實際存在的機構，令我有點驚訝。可以在虛構小說中寫出這種眞實機構的名稱嗎？不過轉念一想，警視廳和科學技術廳等名稱也常出現在各種小說裡，或許公家機關名稱出現是沒關係的吧。

國立超尖端科學研究所成立於兩年前，聚集了各領域的專家學者，日夜從事最先進的科學研究。所內進行何種研究向來不對外公開，因此單是看在能一窺其中奧祕的分上，買這本書就很值得了。

目前我讀到，刑警將犯人鎖定爲遭殺害的一石博士死對頭——法金教授的段落。

4

摘自《超理科殺人事件》

「聽說教授你前陣子和一石博士大吵了一架？這消息沒錯吧？」刑警詢問法金教授。

這裡是國立超尖端科學研究所，法金教授的研究室。

法金教授沒想到會遭警方懷疑，雪白鬍子下的嘴角都歪斜了。他的鬍鬚很濃密，頭頂卻寸草不生。

「說吵架是誤會，我們只是在辯論。就彼此研究進行的激烈辯論是提升學術成果的優良養分，你懂不懂啊？」

「這道理我懂，但根據在場人士指出，你們的情緒相當激動，然後……一石博士罵你是……呃，那個……金橘頭，於是你喊出『我要殺了你』。以上所述是事實吧？」

教授不屑地「哼」了一聲，「我不記得了。」

「能不能扼要地說明當時你們說了什麼呢？」

「好吧。」教授重新在椅子上坐好。

「我們爭論的重點是，如何解釋哈伯定律（4）與銀河年齡的矛盾。我想你應該知道哈伯定律

4 哈伯定律（Hubble's Law），星體互相遠離的速度與其間距離成正比。

的內容，哈伯（5）在〈系外銀河的距離與觀測速度之關係〉這篇論文裡，發表了銀河後退速度與距離成正比的公式中的比例常數，並據以主張宇宙正在膨脹。但問題在於，哈伯常數是多少？論文發表當時是五百三十km／sec／Mpc（6），若依此爲計算基準，將得出宇宙年齡比地球年齡短的矛盾結論，於是有學者提出『宇宙正在膨脹，但其年齡無限大，狀態不會改變』的穩態學說（7）。後經研究發現，問題出在哈伯常數的決定方式，最終由美國方面發表了堪稱決定版的哈伯常數。美國卡內基天文台的溫蒂·弗來德門使用哈伯望遠鏡，以高精度求得處女座銀河團中銀河M100的造父變星（8）的光度週期關係，決定哈伯常數爲八十±十七。」

「教授和一石博士對那個數字的意見分歧嗎？」刑警汗流浹背，邊筆記邊問。

「不，我們都接受這個數字，爭論點在於依此計算出來的宇宙年齡。若以這個數字計算，宇宙年齡只有八十億年左右。根據放射性同位素的含量可推得太陽系與地球的年齡約爲四十六億年，這點沒問題，令人在意的是銀河年齡。推求銀河年齡的各種方法中，目前精確度最高的是藉由球狀星團的年齡推定。球狀星團是指誕生時間相同、重元素少的小行星集合。質量大的行星會隨著時間消失，若以脫離主星系的行星壽命爲理論模式計算，便能推得球狀星團本身的年齡。由此推斷球狀星團的年齡爲一四〇±二〇億年，也就是說，這比用哈伯常數求出的宇宙年齡久遠。或者，還有一種利用放射性同位素推測銀河年齡的方法：依鈾和釷的相對含量比，反求銀河會於何時誕生。當然，這種方法得考量星球自爆炸誕生後開始提供重元素的時期，及星球被吸進太陽系後停止供應重元素的時期，來解明元素轉換的過程。此法推算出的銀河年齡爲一五〇±四〇億年，仍比用哈伯常數計算出的宇宙年齡久遠。這個矛盾該如何解釋？我和一石博士在這點上產生了爭議。」

「噢，原來如此。」刑警放棄做筆記了。

「我的看法是這樣。究其根本，單一的哈伯常數是否適用於整個宇宙？我對測定方法和數值本身沒有意見，但那不過是觀測百兆秒距離內的宇宙所得的結果罷了。我認爲就千兆秒距離以上的宇宙規模來看，哈伯常數應該也會隨之改變，已有研究報告爲我的說法背書。那份研究報告顯示，以重力透鏡觀測從類星體(9)同時發出的兩道光線受重力扭曲的程度，求出位在千兆秒距離的哈伯常數低於五十。得知這個結論後，使我對自己的假設有了信心。但那個排骨男，不，我是說一石兄……」法金教授清了清嗓子繼續道：

「他想拿宇宙常數那種過時的研究產物解釋，我眞不懂他在想什麼。宇宙常數能夠產生未知的宇宙斥力，如果將它代入宇宙方程式中，確實可讓宇宙保持穩定，延長宇宙年齡，而以遠方銀河或重力透鏡求得的數字也會趨近計算結果。但那不過是特意使其合乎邏輯罷了，爲使理論符合

---

5 艾德溫・包威爾・哈伯（Edwin Powell Hubble,1889～1953），二十世紀的知名天文學家，發現宇宙膨脹現象。

6 Mpc（megaparsec），兆秒距離。

7 由霍伊爾（Fred Hoyle）提出的一種宇宙模型，目前已遭學界棄置。這種模型主張宇宙不會演化，永遠保持同一狀態。

8 造父變星（Cepheid variable star）爲變星的一種，由於半徑會週期性的脹縮，使得亮度也發生週期性變化。其亮度變化一週的時間與光度成正比，可用來測量恆星與星系的距離。

9 類星體（Quasar），二十世紀新發現的一種在極爲遙遠的距離之外，形狀、性質與恒星類似，具有高光度的天體。

結果而提出缺乏根據的常數，這並非研究員該做的事，即使是率先提出宇宙常數的愛因斯坦都承認了自己的錯誤。當我一談及這點研究常識，他便罵我是個不懂事的……金、金橘頭，還說……呃……就算他頭頂還剩幾根毛，話也不能亂講吧，所以我才大吼要殺了他。哼，這明明是一個巴掌拍不響的事，我沒有錯！」

5

自書頁中抬起頭，我招來服務生再點了杯熱咖啡。我還沒厚臉皮到只點一杯咖啡就賴在店裡一個小時以上不走。

小說持續描述刑警如何調查與遇害的一石博士相關的人物。那些關係者以宇宙物理學的研究員為主，刑警每調查一個人，就會出現和法金教授交談時相同的情節。各研究員會針對自己的研究主題論述，我猜作者想從中暗示讀者，他們是否與一石博士處於對立的立場。

「宇宙泡沫結構」、「搖晃」、「大引力子」等理論接連出現，光閱讀那些說明便要耗費許多精神。不過我覺得那是甜蜜的負擔，讓我心生一種正在接觸理科世界的喜悅。

法醫檢查了一石博士的遺體，發現果然有人刻意使他的血管老化。在這段描述中，從未聽過的醫學與生命科學專門術語也如洪水般襲來，我感到非常暢快。

四處查訪之下，警方發現這間國立超尖端科學研究所正進行一項規模龐大的計畫——隔離培育理科人，而主導者便是一石博士。

這些內容引起了我的好奇心，我決定更仔細地閱讀。

6

摘自《超理科殺人事件》

「能不能請哪位仔細說明這項計畫？」縣警總部的刑事部長問道，這起命案不是單靠搜查一課的一個小組就能處理的。

刑事部長面前的圓桌圍坐著來自各研究小組的十多名研究員代表，無人立即回覆刑事部長的提問。不久，一名坐在中央的研究員起身，他是研究所的副所長恩田博士，也是分子生物學界的權威。而所長則爲已故的一石博士。

「這項計畫的正式名稱是嬰兒科學家計畫。簡單地說，便是集中具理科天分的嬰兒，自幼施予專業教育。」

「哈哈，就是所謂的英才教育機構嗎？」

「以往的教育方法是讓不特定多數的孩子全接受相同教育，再舉行考試，從中挑選出適合學習理科的人。不過這種方法存在許多問題，最大的漏洞就是欠缺正確性。以目前的考試制度來說，只要學會應試技巧，即使沒有理科天分也能在數學或物理上拿到高分，這樣便無法找出眞正的理科人。其次是太浪費——這裡指的浪費，包含品質與時間。總而言之，教導不適合的孩子學習理科知識是在浪費力氣，只會剝奪適合學習理科的孩子的時間，成爲他們的絆腳石。常有人說現在的孩子都不學理科了，那是結果論，是原本具有才能的孩子受主流意見影響而未學習理科所顯示出的現象。」

「可是如果不舉辦考試，就不曉得哪個孩子具備理科才能了，不是嗎？」刑事部長以看外星生物般的眼神掃視所有人。

聽他這麼一問，恩田博士以略帶憐憫的目光望著刑事部長。

「一個孩子是否具備理科才能，在還是胎兒的階段，不，極端地說，在更早之前就能知道了。」

「咦，是這樣嗎？」

「譬如說，不單個性深受遺傳影響，學習能力、智力、資訊處理能力也是如此，因爲這些都必須仰賴大腦的葡萄糖代謝能力、活力來源的ＡＴＰ合成能力、神經元的傳導速度……」

「……意思是『龍生龍，鳳生鳳』嗎？」

「機率很高吧。基本上，我們認爲研究工作最好採世襲制，可惜這畢竟還是缺乏正確性。我們認爲解決問題的方法，就是利用基因圖譜區分。ＤＮＡ的三十億個鹼基對是構成人類的設計圖，敝所進行中的人類基因圖譜解讀計畫，打算解讀出所有鹼基對，目前大約完成了九成。結構解析得格外順利，我們即將完成人類基因圖譜，未來數年內也將相當程度地解析出其中機能。如此一來，藉由讀取圖譜，分類挑選出理科嬰兒也並非不可能的事。」

「哈哈，我不太懂，但這聽起來挺恐怖的。」

「不光理科天分，個體的性格適合擔任研究工作與否，也將是重要的檢查項目，而這將經由解讀基因獲得答案。針對容易因憤怒或挫折而使用暴力的男性基因加以分析，可發現Ｘ染色體中簡稱MAOA的單胺氧化酵素中，A的基因產生突變，導致氧活性降低。MAOA是一種促進血清素、多巴胺、正腎上腺素等生物體內單胺代謝的酵素，缺乏這種酵素會使人對壓力產生過度反應，表現出暴力行為。另外，最近醫學界也發現神經傳導物質與人類的情緒變化有關，選擇理科嬰兒時得仔細調查以上提到的這幾點。」

「原來如此。」刑事部長不置可否地點點頭，一副放棄理解的神情。「我似乎明白計畫內容了。那麼，你是說這項計畫和命案有關？」

「是的。」思田博士回答，「很明顯，這一定是這項計畫的反對者幹的。」

「反對者是指？」

「假理科恐怖分子。」

博士的話令刑事部長一陣錯愕。

「假……什麼？」

「假理科恐怖分子。原本就沒有理科天分，但由於某些誤解造成他們深信自己是理科人，進而毫無意義地尋求科學資訊，不時主動發出幼稚的訊息，是一群給眞理科人造成混亂的麻煩傢伙，我們稱之爲假理科人。其中特別激進的就是假理科恐怖分子。」

「眞有那樣一夥人嗎？」刑事部長瞪大雙眼。

「擁有那種潛在素質的人出乎意料地多，稍微會使用電腦就自以爲是理科人的也是其中一種。不過，症狀到達恐怖分子程度的應該不多。」

「那麼，那些人爲何要反對呢？」

「原因很簡單。計畫實施後，科學將成為一門完全脫離普通人生活的學問。假理科人好像不喜歡那樣，他們認為人應該有平等學習的權利，看來他們之中有不少人想讓自己的小孩成為科學家。」

「哈哈，可是，我覺得他們的主張也有道理。」

「那是因為你不懂科學為何物。所謂科學，如果不能眞正融會貫通，學了也是白學。況且，完全不學科學對生活也不會產生任何影響，即使完全不懂電機理論還是能夠操作電器，就算不會寫電腦程式還是可以使用電腦。不需具備內燃機知識就能開車、不用理解流體力學也能開飛機，一般人根本什麼都不必知道，不，該說是不知道比較好。一知半解的學識反而會擴散錯誤的資訊，以醫學為例，你應該就明白我的意思了。我們常聽聞由於外行人採取錯誤處置導致病情惡化的事，對吧？假科學會出現，也是因不適合學理科的人囫圇吞棗，硬學習科學知識造成的。我很篤定，半調子的科學知識無益於人類。」

恩田博士這番氣魄十足的話令刑事部長略感畏縮，他本身就是那種對科學絲毫不感興趣的人。

「你說的我明白了，可是有證據能證明這次的犯罪是那些恐怖分子幹的嗎？」

「有。」恩田博士斬釘截鐵地應道，「恐怖分子通常都會發表犯罪聲明，這次那些假理科恐怖分子也發出了犯罪聲明。」

「咦，是嗎？」

刑事部長一驚，向身旁的部下確認，但沒人曉得這件事。

沉默至今的法金教授開口了：

「也難怪你們不知道。一石博士的助手剛剛才發現，那篇聲明文放在太過顯眼的地方，反而無人察覺它的存在。」

「顯眼的地方是指？」

「電腦螢幕。你知道那上面寫了一篇奇怪的文章吧？」

「愛因斯坦怎樣又怎樣的那個……？」

「嗯，就是它。」

「那不是一石博士寫的嗎？」

聽到刑事部長的話，法金教授臉上浮現一抹冷笑。

「一石博士是名優秀的宇宙物理學家，發表了多篇精彩的論文，而那些論文的基礎就是愛因斯坦的相對論。如此看來，博士應該不可能提出愛因斯坦有誤的主張吧？電腦螢幕上的內容是未正確理解相對論的假理科人以往主張的幼稚理論。具體來說，他們無法正確理解朝某方向發射光是怎麼回事，在提出反論之前，他們的大前提就錯了。當然，他們現在也曉得那是篇繆論了，所以在崇敬愛因斯坦的一石博士身旁寫下那文章代替犯罪聲明，以表示那是他們犯下的罪行。」

「噢，原來如此。」刑事部長依舊似懂非懂地點了點頭。

7

讀到這裡，我覺得相當不舒服。

這是一本小說，裡頭的內容應該都是杜撰的吧，但作者本身卻像認眞地思考著這樣的事：

所謂科學，如果不能真正融會貫通，學了也是白學……

一般人根本什麼都不用知道，不，該說是不知道比較好……

半調子的科學知識不會為人類帶來任何利益……

這是多麼高傲的想法啊！他們以爲自己是何方神聖？

我在教導孩子自然科學時，首先會告訴他們科學絕對不是一門艱澀的學問，一切都能從自身延伸思考。

當然，每個孩子的學習能力有高下之分，或者也可說是性格差異。有的孩子看到活躍於太空梭中的太空人就能理解重力的概念，也有孩子怎麼也無法理解爲何宇宙空間沒有上下之分。然而那樣也無妨，說不定那孩子具備了豐富的感受力，會因一朵牽牛花開花而感動。

我開始認爲，假如這位作者眞這麼想，他的精神可能有點毛病。倘若這種計畫眞的在進行，我大概也會反對吧。

不過，我不認爲自己是假理科人。

不是我自誇，我的數理成績從學生時代就出類拔萃，愛因斯坦的相對論也理解得很透徹，刊登在報紙科學版的報導只要讀一遍便能掌握內容。電腦難不倒我，操作機器我也很擅長，汽車若有一點小故障，我自己就能修理。

我之所以沒成爲科學家，只不過是想認識更寬廣的世界罷了。除了科學之外，這世界還有許多美好的事物，我不想選擇不明瞭那些美好事物的不幸人生。

這麼一想，科學家的內心有部分扭曲似乎也是理所當然。或許就因如此，這樣的小說才得以成立。

我喝下第二杯咖啡，再點了杯奶茶，便繼續往下讀。

8

摘自《超理科殺人事件》

「如果是這樣，就必須懷疑那些恐怖分子了。」刑事部長說，「可是這實在很傷腦筋，我們警局，不，大概連警視廳都沒有那些傢伙的資料吧。」

「應該不會有吧。」恩田博士答道，「只有科學技術廳成員才曉得假理科恐怖分子的存在。」

「那知道他們的領導人是誰嗎？」

「不，我們不知道。應該說，因爲那些傢伙並未擁有具實際體制的組織，可能沒有領導人。」

「那到底該從何查起……」

刑事部長一副頭痛不已的模樣轉向部下，但他們好像也沒任何具體的想法，個個神情陰鬱地垂下頭。

恩田博士見狀道，「敝所有個提議。」

「什麼提議？」

「其實我們前陣子剛開發出能從一般市民中找出假理科人的方法。」

「咦？」刑事部長自椅子上彈起來，「有那種方法嗎？」

「有。雖然還稱不上完美，但準確率應該很高。」

「要怎麼做呢？」

「原理很簡單，和釣魚一樣，只要撒餌等那些人上鉤就行了。不過我們得下點工夫做餌，且必須是只有假理科人會吃的餌才行。」

「那該用什麼樣的東西呢？」

「在說明之前，請先聽聽他的話。」

恩田博士指著坐在他身旁的年輕研究員。

那名研究員起身，自我介紹是姓穴黑的量子力學研究員後，用力深吸一口氣，便突然像機關槍掃射般滔滔不絕地講了起來。

「研究宇宙的誕生需有虛數時間，那會因是否存在奇異點而改變。奇異點是指宇宙的時空收縮至一點，空間曲率變得無限大而失去物理意義的地方。」

「咦？」刑事部長聽得一個頭兩個大。

但穴黑不理會他，繼續說下去：

「遵照愛因斯坦方程式的理論，宇宙若回溯過去必定會遇上奇異點，爲了避開這個奇異點，得有虛數時間。換句話說，想消除宇宙誕生的奇異點，只要消除那裡時間與空間的區別就行了。爲了做到這點須將時間設爲純虛數，而若要仔細計算就得使用費曼(10)發明的路徑積分法，將方程式中的時間 t，以虛數時間 i・t 代入，便能計算宇宙的波動函數。」

「等等，請等一下，你到底在說什麼?」

刑事部長話還沒完，另一名學者便站起，突然開口道：

「相當於蛋白質核心的氨基酸無法換成別種氨基酸，一旦換爲別種氨基酸就無法完成固有的機能。各種蛋白質具有獨特的立體形狀，對於完成固有機能也很重要，不容許替換。氨基酸能對突變產生多重制約，因此在進化的過程中無法改變其機能。」

換另一名學者站了起來。

「構成物質的最小要素是夸克(11)和輕子(12)，這些粒子之間有四種力運作。夸克數目不變，陽子在四力作用之下維持安定。大統一理論認爲電磁力、強力與弱力原本是一種力量，只是

10 費曼（Richard Feynman,1918~1988），理論物理學家，在量子力學研究上貢獻良多，是發展夸克理論的關鍵研究者。第二次世界大戰期間加入製造原子彈的曼哈坦計畫。一九六五年獲得諾貝爾物理學獎。

11 夸克（quark），物理學家葛爾曼（Murray Gell-Mann）於一九六四年提出理論，認爲質子與中子不是基本粒子，而是由更小的粒子所組成，並將此粒子命名爲夸克。

12 輕子（lepton），構成物質的基本粒子之一包括電子、微中子等。

在低能量狀況下看來像不同的力量。這股統一的力量會平等對待夸克和輕子，而夸克和輕子之間必然會相互遷越。」

又有另一名學者開口：

「在一維的情況下擴大奇異點周邊，消除方式與普通點的處理方法是一致的。二維的情形下則存在極小消除，若是三維以上就必須使用別的方式進行……」

9

搞什麼，這究竟是怎麼了……

小說中的角色突然談起與劇情無關的專業話題，令我不知所措。我完全無法理解這些角色爲什麼有這種舉動，或者該說我不懂作者這樣寫的理由。

即使如此，我還是認爲這應該具有某種用意，便決定耐著性子繼續讀下去。

那些角色提到的知識內容包含量子力學、宇宙物理學、生物學、醫學、基因工學等，總之網羅了科學的所有領域。老實說，那些都是我不太了解的事物，但我還是拿出手帕擦拭額頭上不斷冒出的汗水，一面努力閱讀。若跳過這些部分，就不能自稱理科人了。

當我終於讀完學者冗長的說明時，突然有人從背後抓住我的肩膀。我嚇了一跳，回過頭只見兩名身穿黑衣的彪形大漢低頭看著我。

「不好意思，能不能請你跟我們走一趟。」左側男子以不容分說的強硬口吻說道。

「你們是誰？」

我一問，右邊的男子拿出了一樣東西。在那像是身分證的證件上，印著「特搜警官」的頭銜。

10

摘自《超理科殺人事件》

「總而言之……」刑事部長說，「就是將這個內容出版，散布到全國各地嗎？」

「是的，書名就叫《超理科殺人事件》吧。」恩田博士回道。

「書名叫什麼不重要，問題在於這樣行得通嗎？」

「敝所已實驗過。我們事先將超迷你腦波解析裝置和通訊裝置植入封底，藉由分析閱讀者的腦波可檢測出對方是不是假理科人。當讀者的腦波高於判定標準時，便會立刻報警。」

「這我曉得，但光偵測腦波就能判斷出閱讀者是不是假理科人嗎？」

「道理很簡單。基本上檢測時只要注意兩點，一爲讀者是否跳著讀，再則沒跳著讀時是否能理解內容。普通人不可能不跳著讀完這種小說，而眞理科人讀過之後就能理解。無法理解內容，卻又固執地不肯跳著讀的怪人……」

「只有假理科人會這麼做是嗎？」

「正是。」

原來如此，刑事部長同意地點頭。

03

超猜兇手小說殺人事件

問題篇

1

汽車開上中央高速公路。

「……話說回來，他吩咐的事還眞奇怪。」朝月出版社的編輯顎川踩下油門加速，以單手操控方向盤繼續道，「突然發傳眞到編輯部，要我們火速趕到他家。不，叫我去他家是無所謂，但一定要四個人一起去是怎麼回事？如果我們在同一間出版社也就算了，偏偏不是。」

「會不會是要教訓我們？」坐在後座右側的坂東靠著椅背，咧嘴笑著說。他在文福出版社編輯部工作。

「像『我的書最近爲什麼賣得不太好？是不是你們不夠努力？給我想想辦法！』之類的。」

「鵜戸川大師還要我們怎麼努力嘛……」忠實書店文藝部的千葉在左側後座嘆了口氣，「我們家前陣子剛辦了鵜戸川邸介書展耶。」

副駕駛座上，大八書房的堂島說，「不只你們，我們出版社還不是一樣。前些日子我們才在兩大報上刊登廣告，還滿有效的，最近又再版了從前出的書。別家出版社我不知道，我們出版社的書不可能賣不好。」

「我們公司的書也不會賣不好。」坂東面色微慍，「可是，那位大師太貪心了。」

「明明那麼有錢，鵜戸川大師還嫌不夠嗎？」千葉無法認同地應道。

「大概是不放心吧，畢竟他的書曾好長一段時間乏人問津。」顎川看著前方答道。

「如今眞是無法想像，我剛進出版社的時候，大師就是暢銷作家了。」堂島轉過身，對著後面說。

「千葉的情況不也跟我差不多？」

「是啊。」千葉點了點頭。

「你們兩個進公司幾年了？」坂東盤著雙臂問。

「正好十年。」千葉回覆。

「我是九年。」堂島答道。

「既然如此，也難怪你們會不知道他書賣不出去時的情況了。」顎川插嘴。

「大師變成暢銷作家是在比你們進出版社還久之前，大概有二十年左右了吧。那是在他得獎後，我想想，那部作品叫什麼名字？奇怪島的……變態殺人的……」

「是《怪奇島獵奇殺人紀錄》。」後座的坂東接話。

「對啦。哈哈哈，這要是在他面前，鐵定會挨一頓罵。自從那本書大爲暢銷之後，他的書就開始大賣了。」

「那可是名作喔。」千葉點點頭，只簡短說了句感想。

「我讀的第一部大師的作品也是那個怪奇島，內容眞有意思，劇情異想天開，而且角色很吸引人。」

「我個人認爲……」千葉遲疑了一下，接著說，「鵜戸川大師還沒寫出凌駕那部作品的新作。」

「這樣講還真殘酷。」顎川應道，話聲裡帶抹認真的意味。

「不過確實如此。」坂東也一臉正經，「之後他雖然出了許多暢銷書，卻沒有讓人眼睛為之一亮的代表作。最後每次大家腦中最先浮現的還是那本怪奇島。」

「我竟然會想不起來，真是不配當編輯啊。」顎川自嘲地低聲笑著，「我得請大師早日替我們出版社寫本新的代表作才行，這麼一來我就不會忘記書名了。」

「天曉得，你最好別太期待。」

「你這話是什麼意思？難道你想說大師下一本代表作是文福出版社的嗎？」

「真能那樣就太好了，問題是他已失去雄心壯志。前幾年還感覺得到他以直木獎為目標的野心，最近大家都心知肚明，他只要書賣得不錯就好。」

「我也有同感。」千葉一點笑容也沒有，「最近幾部作品都在炒冷飯，鵜戶川大師似乎完全無意嘗試新東西了。」

「大師最新的作品叫什麼來著？」堂島問。

「叫什麼呢？」顎川依舊看著前方，側頭思索。

「那個啦，是《遙遠傳說的殺人》。為了尋找自小分離的母親，一名男子前往流傳著浦島傳說的鄉里，而捲入殺人事件的故事。」

「不對啦，那情節是我們家出的《永遠之時的殺人》。」千葉糾正他，「《遙遠傳說的殺人》是主角為了尋找下落不明的情人，造訪流傳著羽衣傳說的鄉里，卻發現情人慘遭殺害的的故事。」

「是嗎？無所謂，都沒差。」
「不過不少讀者認爲這種單一模式的故事很棒。」坂東擺出無奈的表情。
「大師大概可以放心了吧。」堂島同意道。
「這就跟水戶黃門（1）和蠑螺小姐（2）的支持者那麼多的道理相同。」
「算了，反正只要賣得好，我們也沒必要抱怨。變更筆風若是一個弄不好，遭讀者嫌棄的話豈不是偷雞不著蝕把米？」顎川說。
「那《遙遠傳說的殺人》是什麼時候出版的？我記得那是緣談社的書吧？」堂島依序看著其他三人問道。
「好像是……去年秋天吧？」千葉馬上拿出記事本，「噢，果然沒錯，是去年九月，搞不好是在意每年年底發表的推理小說排行榜才出版的。」
「連第十名也沒擠進去喲。」堂島竊笑。
「這表示他超過半年沒出新書了嗎？」顎川微微搖頭，「他到底在幹麼啊？」
「他太太去年夏天過世了吧？之後他寫作的速度就變慢了，我們編輯部裡甚至謠傳著其實他

1 日本家喻戶曉的歷史人物，水戶藩二代藩主德川光國。後人創作出許多以他爲主角的辦案故事，不僅有小說，還有舞台劇、電影與電視劇。
2 日本知名的長壽漫畫，作者爲長谷川町子。一九四六年，日本國內因戰敗而士氣低落，此時在報紙上刊登的四格幽默漫畫撫慰了日本人疲憊鬱悶的身心。

太太是捉刀的。」坂東說完便立刻摀住嘴。
「如果他這幾個月是在埋頭替我們出版社寫稿就好了。」顎川說。
「別做夢了，他接下來該替我們公司寫稿才是。」
「你才在說什麼夢話咧，接下來輪到我們出版社了，文福出版社前陣子不是剛出了小說嗎？」
「不是前陣子，那是很久以前推出的。再說，那只是將從前出的精裝本換個封面重新上市。最近這三年，我們公司都沒拿到大師的新作。」
「是嗎？」
「是啦，所以接下來該換我們公司了。」
「恕我無禮。」千葉插嘴，「我們家預定從下個月開始，在雜誌上短期集中連載鵜戶川大師的新作，第一次連載的分量是一百五十張稿紙，這應該是第一順位吧。」
「沒那回事。忠實書店不是出了《永遠之時的殺人》嗎？按照順序，你們公司應該排最後一個才對。」坂東不滿地應道。
「《永遠之時的殺人》是之前雜誌連載的舊稿，如果鵜戶川大師快點改好該增修的部分，早在前年就能出版了。」
「即使是那樣，書還不是出了？我好一陣子都無緣拜讀大師的原稿，我們出版社一步也不會退讓的！」顎川語調有幾分強橫。
「這麼說來，我們出版社還不是一樣。」堂島也不甘示弱，「我很久之前就跟大師約好，可是截稿期限早過了。倘若這次又讓別家出版社搶先出書，總編會掐死我！」

「有什麼關係，掐死就掐死。」顎川不客氣地回了一句。

「唉，大師究竟打算怎樣？」坂東搖頭晃腦，「不考慮事情輕重緩急便隨便定下約定是那個人的壞習慣，他從以前就如此。看來我們四個人是誰也不肯退讓了，那麼，他這次的原稿到底準備交給哪間出版社？」

「或許……」千葉沉吟，「鵜戶川大師找我們四個人來，就是爲了這件事情。」

「什麼意思？」駕駛座上的顎川發問。

「鵜戶川大師也很難決定接下來要替哪家出版社寫稿，不是嗎？大師該不會打算讓我們四個當事人決定……」

「不會吧？」副駕駛座上的堂島硬擠出笑容。

「不，那個人向來不按牌理出牌，很難講，搞不好他就是這麼盤算的。」坂東彆扭地說，「畢竟他是個怪人。」

「可是找我們來商量又能怎樣，根本解決不了問題嘛。如同坂東先生說的，我們誰也不會退讓。」堂島轉向後座道。

「我實在不懂爲什麼非得四個人一起來不可，最後我還落到當司機的下場。」

「抱歉啦，我不會開車。」

「不好意思，我沒有車。」

「眞對不起，我只有兩人座的車。」

「算了，別再說了。回程由堂島你開車。」顎川不太高興地吩咐後輩，一面用力踩下油門，接連超過好幾輛車。

下了中央高速公路，汽車一路北上。不久，來到了聚集許多以年輕人爲客群的西式民宿而聞名的觀光區。每逢假日必定擁擠不堪的馬路邊，並排著裝潢花稍的土產店與餐廳，光看著就覺得眼睛痛了起來。

「聽說這條路別名可恥大道。」千葉望向車窗外苦笑，「鵜戶川大師也很怨嘆，覺得這很困擾，每次提到自己住的地方，對方就會聯想到這條路。」

「他眞是在抱怨嗎？不就因爲這條路受年輕人歡迎，他經常跑到居酒屋搭訕年輕女孩？」坂東噗哧地笑了。

「他太太去世之後，他在那方面的需求好像更強了。玩女人倒無所謂，但稿子也要好好寫啊。」顎川皺著臉嘆氣。

抵達別墅區，向入口處的管理室告知來意後，平交道斷路器模樣般的柵欄便升起讓汽車通過。

顎川踩下油門。

鵜戶川邸介的住宅位於這個別墅區的最深處。遇有宴會或與出版社的特殊餐會時，他才會到東京，平常都待在家裡寫作。

顎川在歐式風格的木造建築前停車。

「對了，差點忘掉這些領帶……」坂東從公事包裡拿出幾個小包裹，「來，把這繫起來。」

堂島打開包裹一看，明顯露出無力的表情。

「這什麼鬼東西？品味真差！」

那是紅綠條紋相間、綴以小顆金色骷髏頭花樣的領帶，上面還繡著ＴＵ的字樣。

「這是預定在『鵜戶川大師作品出版五十部紀念派對』上發送的領帶。我昨天打電話告訴大師樣本做好了，所以他囑咐我們今天要打著這條領帶過來。」

「既然如此，坂東先生繫上不就得了？」

「那可不行。我也帶了你們的份，給我乖乖打起來！」

「哎喲，真是敗給你了。」顎川無奈地解開自己的領帶換上。

「繫這條領帶絕對會被女人嫌棄。」千葉也皺起眉頭。

四人要下車前，鵜戶川家的玄關大門開了，出現一名身穿黑衣黑褲，留著長髮、臉蛋瘦長的女子。

「那是誰？」顎川轉頭朝後座發問。

「鵜戶川大師的新祕書。」千葉依然望向女子回答，「據說是上個月開始工作的。」

「真有他的。」坂東壓低話聲感嘆道。

「長得真美，看起來三十歲不到，之前應該是粉領族吧。」堂島羨慕地發表感言。

四人下車走近鵜戶川家，一身黑的女子先禮貌地打了聲招呼。

「辛苦了，鵜戶川先生從剛才就引頸期盼著各位的光臨。」她口齒清晰地說完，看見四個男人的領帶，翻了個白眼。

2

女祕書帶領四人到鋪著木質地板的客廳，深綠色沙發擺放的方位能將庭院景色盡收眼底。四人在女祕書的促請下，圍著大理石茶几落座。

「我馬上請鵜戶川先生過來，請稍候。」女祕書說完便離開了客廳。

「一個人住在這間大房子裡，大師也很寂寞吧。」顎川抬頭望著挑高的天花板說。

「三餐該不會也由那女人張羅？」坂東向千葉問道。

「似乎是這樣。」

「那簡直像新太太嘛，看來我們對她的態度最好多注意一點。」

「大師幾歲啊？」堂島問對面的顎川。

「今年應該五十三歲了。」顎川回答。

「眞有他的。」坂東重覆剛才在車上講過的話。

這時客廳門開了，鵜戶川邸介穿著藏青色和式工作服(3)現身。四人幾乎同時挺直背脊。

「哎呀，讓你們久等了、久等了。」鵜戶川單手提著一個紙袋步入，將紙袋放在一旁後，落坐在單人沙發上，「突然發傳眞要你們到這兒，眞是不好意思。」

「哪裡哪裡，只要大師吩咐，我們不管人在何方都會飛奔過來。」坂東搓著雙手，低三下四地諂媚，「請您瞧瞧，這是預定在派對上發送的領帶。」

「噢，不錯嘛，完全按我說的做了。」鵜戶川摸了摸坂東頸上的領帶，高興得眯起眼睛。

「對了，我們剛才在討論，不知大師今天找我們來是爲了什麼事？」

聽顎川這麼問，鵜戶川的臉上浮現一抹戲謔的微笑。

「大師還吩咐一定要四個人一起來呢。」

「是啊，究竟有什麼事？」

「我現在正要說明。」

此時，女祕書以托盤端咖啡進來。她將盛了咖啡的邁森（4）瓷杯放在每個人面前後，便在稍遠處餐桌旁的椅子坐下。

「我介紹一下，她是祕書櫻木弘子，除了工作之外，還替我打點身邊的大小事，幫了我很大的忙。」

「我是櫻木。」一身黑衣的女祕書起身行禮。

四人也坐著低頭示意，輪流自我介紹。只有千葉多說了一句，表示自己之前和她見過面，櫻

3 一種傳統日式服裝，以棉布製成，特色是筒狀窄袖，上衣下襬略爲過臀，長褲褲腳可束緊。原本是工作服，後來漸漸當作居家服，甚至成爲悠閒、有品味的象徵。

4 邁森（Meissen），德國德勒斯登地區附近出產的瓷器，品牌商標是一對交叉藍劍。自一七一〇年生產至今，以精湛典雅的技藝與藝術造型聞名全球，被譽爲「白色金子」，貴爲歐洲第一名瓷。

木弘子輕輕點頭。

「好，那我們進入正題吧。」鵜戶川手伸進一旁的紙袋。

四人想看他在拿什麼，都從沙發上起身了。

鵜戶川拿出一疊A4大小、釘成四份的文稿分給四人。

「噢，這是新作品嗎？」顎川盯著身旁坂東的那一份問，「我們拿到的內容都一樣吧？」

「這是預定刊載在本月《小說珍重》上的短篇小說。」

聽鵜戶川這麼一說，四人都露出困惑的神色。《小說珍重》這本月刊雜誌並非由四人各自任職的出版社發行。

「是什麼樣的小說呢？」坂東代表眾人發問。

「嗯，其實這不是一般的小說。」

「此話怎講？」

「這個嘛，是部猜兇手的小說。」鵜戶川以鼻孔冷笑著。

猜兇手的小說……

眾人邊複誦邊翻閱手上的紙張，大致瀏覽過開頭便馬上翻到最後一頁。

「真的耶，後面寫著『待續』。」顎川抬頭道。

「解答篇預定在下個月的《小說珍重》上揭露，本月除了刊登問題篇，還將舉辦募集讀者挑戰解答的活動。」

鵜戶川將邁森瓷杯拿到鼻前，聞了聞香味後啜飲一口。看到他的動作，四人也拿起咖啡杯。

「猜對的讀者會得到什麼獎品嗎？」千葉依舊面無表情地問道。

「我不太清楚，聽說《小說珍重》的編輯會準備一點小禮物。猜對的話大概能得到電話卡之類的東西吧。」鵜戶川將咖啡杯放在茶几上噗哧笑了，和式工作服下的肩膀微微晃動。

「大師，難不成……」顎川面對鵜戶川重新坐正，「您要我們讀這個，猜兇手是誰吧？」

鵜戶川聽了放聲大笑，接著從茶几上的玻璃菸盒中拿出一根菸，以同樣是玻璃外殼的打火機點火。

他這一連串動作顯得格外緩慢。

鵜戶川靠在沙發上深深吸了口菸，往四人前方吐出乳白色煙霧。

「算你聰明。」他說，「我打算請你們猜猜兇手是誰。」

四人頓時啞口無言，紛紛觀察其餘三人的反應，看了看鵜戶川分發的稿子，最後視線又回到小說作者身上。

「這又是爲什麼？」顎川問道。他雖然帶著笑容，臉頰肌肉卻有些僵硬，「您是爲了這件事情找我們來的嗎？」

「如果我說『是』，好脾氣的你們大概也會生氣吧？」

「不，這倒是不會……總而言之，呃……」顎川環視其他三人，清了清嗓子繼續說，「只是覺得莫名其妙，爲何要我們做這種事……」

「這樣啊。不過你們放心，我準備了當獎品的小禮物。」

鵜戶川再度將手伸進剛才的紙袋中，但這次是雙手。他抓出一疊將近三公分厚的紙張，尺寸還是A4大小。

他將那疊紙「咚」地一聲放在茶几上。

「獎品是我最新的長篇小說，我要奉送給最先猜出兇手的人。」

「咦？」眾人低呼。顎川和坂東從沙發上起身，千葉睜大雙眼，堂島則張大了嘴。

「當然，不是眞的免費奉送，而是交由猜中者任職的出版社發行。」鵜戶川補充說明。

「不，但、但……」坂東激動得口沫濆飛，「我們不是約好新作品要給文福出版社嗎！」

「照約定應該是我們家先吧？」千葉也拉高嗓門嚷嚷著，「我們家要在雜誌上短期集中連載，可不能開天窗！」

「才不是咧！大師，我們在京都一同用餐的時候您不是答應了嗎？您說接下來要替朝月出版社寫稿，我可沒忘！」顎川氣得臉紅脖子粗。

「不！接下來應該是八大書房，該輪到我們出版社了。之前寫信給大師的時候您不是答應了！」堂島也不甘示弱地加入戰局。

鵜戶川依序看著全都變了個樣的四人，搔了搔頭。

「不好意思，算來是我不對。我無心撒謊，都怪我不經思考就承諾你們，才會造成如此局面。不過就現實而言，我只能選一間出版社，但一想到至今和你們的交情，又不能做得太絕情，眞傷腦筋啊。」

「所以您想出了這種方法？」千葉拿著那疊〈問題篇〉稿子問道。

「嗯，就是這麼回事。」

「這太殘酷了。」坂東一臉泫然欲泣，「大師，請務必遵守與我的約定，出版計畫書裡都填上大師的名字了，千萬拜託。」坂東深深鞠躬，額頭都快碰到茶几了。

「別這樣，坂東兄。再提起那些約定，這事會無法解決的。」顎川扶起坂東的肩，要他抬起頭。

「不過……」

「猜出兇手是誰就行了嗎？」堂島詢問鵜戶川。

「不能隨便亂猜喔。沒提出切實的證據，我不會承認那是正確答案。」

「是不是正確答案，要由大師來判斷嗎？」千葉問道。

「當然，除了我沒人能夠判斷吧。我會待在工作室，你們想出正確答案的話，隨時都可以來告訴我。還有其他問題嗎？」

鵜戶川繃著臉。

「我有一個問題。」顎川舉手發問，「不會有共犯或兇手自殺之類的設計吧？」

「這點我原本也想請你們自行推理，但時間不多，我就放一點水好了。對，你說的沒錯，謎底沒有共犯也不是兇手自殺。」

「請您再給個提示。」坂東豎起食指。

「不能再給了。」鵜戶川將那疊厚厚的紙放回袋子，站起身，「到晚餐之前你們就慢慢思考吧。我不會限制你們的行動，愛去哪兒都行，要和什麼人討論也無所謂。反正我在工作室裡，誰想到答案就來找我。」

他離開客廳關上門的同時，四名編輯立刻讀起手上的小說。

3

晚餐於七點開始。附近一個和鵜戶川很熟的民宿老闆帶著材料來做菜。四名編輯沒料到能夠吃到法國料理，但用餐時的臉色還是不好看。

「喂喂，至少吃飯的時候別想工作的事嘛。」這局面的始作俑者鵜戶川對著神情鬱悶的編輯說。

「話是這樣沒錯，但一想到可能有人會先猜出兇手，一顆心就懸在半空中。」顎川一臉疲憊地望向其餘三人。

「你們應該看完問題篇了吧？」

「看是看完了。」

顎川答道，其他三人也一起點頭。

「怎麼樣啊？」

「我嚇了一跳。」坂東說，「沒想到會是那樣的劇情，這是以我們為藍本寫的嗎？」

「那就看你們怎麼想了。既然都看完了，接下來只剩仔細思考嘍。」

「呃，我想請教幾個問題……」千葉客氣地開口。

「不准提問。我不是說過不能再給提示了嗎？」鵜戶川手持叉子，微微搖頭，「不過，有件事我忘了說。」

四人停下手邊的動作，身體微向前傾。鵜戶川看了他們一眼，接著道，「你們不用思考殺人動機。應該說，單憑問題篇便要推理出動機是不可能的事，你們只要告訴我兇手是誰、證據是什麼便行。」

「就是不知道才會這麼煩惱啊。」堂島搔搔頭。

「沒關係，你們好好想吧，反正夜還長得很。不過即使你們想到答案，過了凌晨十二點便別來敲我房門，畢竟我也得睡覺。如果你們十二點之後才猜出來，把答案寫在紙上塞進門縫，等我明天看完，誰寫得最好就算正確答案。來，猜兇手的話題到此打住，大廚好不容易來這裡展現廚藝，讓我們盡情享用吧。」

聽鵜戶川這麼一說，四人露出諂媚的笑容繼續用餐，但以叉子將美食送到嘴裡的速度卻絲毫沒變快。

晚餐在八點結束。鵜戶川待在二樓的房間，四名編輯則將在偌大的客廳裡過夜。

「我做夢也想不到事情會演變成這樣。」顎川拿著問題篇坐在沙發上，腳擱在大理石茶几上。

「這很像那位大師會想出來的鬼點子。雖然有種被耍的感覺，但大家確實站在平等的立足點上，我們也只有努力推理了，不是嗎？」千葉脫下外套披在椅背上，在餐桌上攤開小說，邊做筆記邊應道。

「千葉眞鎮定，還捲起襯衫袖子，看起來很有幹勁嘛。聽說千葉大學時代參加過推理小說研究社，難怪很熟悉這種猜兇手小說，我就完全不行了。」

「我也一樣。」坂東邊鬆開那條「鵜戶川邸介作品出版五十部紀念領帶」，邊向坐在對面沙發上的顎川說，「讀這種小說的時候我從未猜對兇手。如果是電視上那種兩小時推理劇，只要看演員表就知道誰是犯人了。」

「我雖然參加過推理小說研究社，卻沒有什麼推理能力，和大家一樣。」千葉苦笑。

「不過，有種東西叫習慣吧？再說，你跟堂島老弟還年輕，腦筋靈活，如果不讓我和顎川兄一點不太公平了。」

「這個主意好！我贊成。」

「兩位不是有經驗這項武器嗎？」堂島原本坐在千葉對面重讀小說，聽見提到了自己的名字便加入對話。

「我和坂東兄的經驗根本沒什麼用，頂多能在請會計大嬸處理銀座酒店的收據時派上用場罷了。」

「唉，大師還眞會想些有的沒的。」坂東亂抓頭髮，「爲什麼要拿到原稿還得遇上這種事？明明當初都講好了。」

「我還不是一樣。」堂島右手托著臉頰，左手翻著紙張回道。他不時停下左手的動作，拿起紅筆不知寫些什麼。

「喂，你們能不能幫我一個忙？」坂東站起身環視三人。

「什麼意思？」顎川問道。

「拜託，你們能不能把那部最新的長篇小說讓給文福出版社。我想你們也知道，我們公司今年邁入七十周年，紀念書展上非有鵜戸川大師的書不可。只要你們答應，大師應該也不會有意見，這樣我就不用經過這麼麻煩的步驟才拿到他的作品了。」

「哪有人這麼自私……」千葉錯愕地攤開雙手。

「當然，我會想辦法報答你們的。」

「我們家現在最想要的也是鵜戸川大師的作品。」千葉垂下雙手，左手玩弄著披在椅背上的外套鈕扣，「如果肯將原稿讓給我們家，應該可以談談交換條件。」

「別傻了，坂東兄。」顎川躺在沙發上說，「你想要原稿，大家也都想要，所以現在才會這樣大傷腦筋，不是嗎？」

「顎川兄，我記得你還欠我很多人情喔。」

「是啊。不過我也幫過你不少，現在提起那種事不但不公平，也沒意義。」

坂東吐出一口氣，一屁股坐回沙發上。這時，牆上的布穀鐘告訴大家九點了。

「吵死了。」坂東丟出這麼一句話。

在這之後，四人各自陷入沉思，偌大的客廳籠罩在令人窒息的沉默氣氛下。

隔了好一陣子，四人在十一點鐘響的時候才再度交談，但倒不是爲了時鐘而對話，只因堂島從位子上起身想離開客廳。之前的兩個多小時中，沒有任何人走出客廳。

「你要去哪裡？」原本懶散地躺在沙發上的坂東猛然坐起質問他。

「去哪裡？廁所啊。」堂島苦笑著回答。

「眞的嗎？你該不會是找出兇手了，打算去大師的房間吧？」

「不是啦。」堂島笑著離開。

「他眞的是去廁所嗎？」坂東還是不放心。

「就算他是去大師的房間也沒辦法吧？」千葉冷靜地說，「那代表他具有推理能力。當然，即使如此，也不代表他找出的是正確答案。」

「那倒是。」坂東在沙發上盤腿坐下，邊按摩肩膀，邊低頭看向躺在另一張沙發上的顎川。「如何？有沒有什麼進展？」

「要是有的話，我早衝去大師的房間了。」顎川將小說丟到茶几上，「不行，毫無頭緒。我找不出線索，也不曉得該怎麼推理才好。」

「我也是，看來這對我們中年男子來說太困難了。」坂東望向餐桌旁的千葉，「你呢？找到什麼線索了嗎？」

「一點點。」千葉答道。

坂東嘖了一聲，「眞羨慕，如果能告訴我線索是什麼就太感激了。」

「別丟人現眼了。」顎川斥喝。

「這應該沒兩位以爲的那麼困難。」千葉說，「畢竟這是讓讀者猜兇手的小說，如果設下一般讀者解不開的天大難題就太掃興了。」

「換句話說，我和顎川兄的推理能力比不上一般讀者嘍？」

「算了，我不意外。」顎川淡淡地說，「這我心裡有數。」

坂東不知怎麼回應，只好選擇沉默。

過沒多久，堂島回來了。他將手帕收進口袋，回到原位。

「好，去大師的房間吧。」

顎川站起身，其餘三人驚訝地抬頭看他。

「開玩笑的，我也要去廁所。」他說完便離開了。

顎川步出客廳後，櫻木弘子走了進來。

「要不要幫你們弄點飲料呢？」或許是坂東最年長的緣故，她看著他問道。

「不，我不用了。」他接著望向千葉和堂島，但兩人都默默搖頭。「看來他們也不需要。」

他對櫻木弘子說。

「那麼，我先休息了。」她行個禮就離開了。

坂東則飛也似地朝她身後追去，千葉和堂島面面相覷。

「他忽然想到什麼了吧。」堂島說。

「我大概知道他想做什麼，不過應該會無功而返吧。」千葉冷笑兩聲。

「櫻木小姐、櫻木小姐。」坂東追著櫻木弘子步下樓梯。

她站在通往地下室的門前，回頭問道，「有什麼事嗎？」

「是這樣的，我有件事想拜託妳。」坂東看著門，「這是妳的房間嗎？」

「在這種別墅區，地下會便宜一些。這裡以前是大師的工作室。」

「原來如此。」坂東點頭，「我能不能……進去呢？」

「這有點不太方便。」櫻木弘子側著頭微笑。

「那在這裡說就好。拜託，請妳告訴我這部小說的兇手是誰吧。」

「咦？」櫻木弘子一對大眼睜得更大了。

「當然，我不會虧待妳的。我會準備一份大禮，請當是幫我一個忙吧。」

「等等、等等，請等一下。」櫻木弘子低頭對不斷鞠躬的坂東說，「你是不是誤會什麼了？我不知道解答。」

「不，妳身爲祕書不可能不知道，請務必幫我，算我求妳。」坂東繼續鞠躬。

「我眞的不知道，大師絕不會告訴我這件事。而且，即使我知道也不能說，這樣不公平吧？」

「事到如今我顧不得那種漂亮話了！拜託，請務必幫這個忙。」

「就說不知道了嘛！」櫻木弘子尖聲叫嚷。

「怎麼了？」樓梯上面傳來關切聲，接著顎川下樓了。「哎喲？坂東兄你在做什麼？」剛問完，他似乎馬上便察覺出坂東的目的。「哈哈，你企圖要櫻木小姐透露答案啊？」

「不，不是你想的那樣……」

「作弊是不行的喔。」

這時櫻木弘子房裡傳來斷斷續續的電話鈴聲。

「啊，是大師打來的內線電話。」櫻木弘子說，「呃，我可以走了嗎？」

「眞不好意思，櫻木小姐，給妳添麻煩了。」顎川抓著坂東的手臂，「走，上樓去吧。」

「拜託啦，顎川兄，稿子讓給我。」

「眞那麼想要就自己想辦法。」

兩人上樓後，千葉正好打開客廳的門走出來。

「哦，千葉。解開謎底了嗎？」顎川立即發問。

「不，還沒。我想在寢室裡思考一下。」

鵜戸川將一樓的兩間客房借給四人當寢室。

「顎川先生你們要去哪？」

「嗯，沒什麼，我們去讓腦袋冷靜一下。」顎川拉著坂東往玄關走去。途中他看了手表一眼，自言自語道，「十一點半啦？」

凌晨十二點整，千葉回到客廳，顎川與坂東也回來了，此時布穀鐘正響到第十二聲。

「今晚解答的期限到了。」顎川望著時鐘說，「這下到明早之前都不必擔心大師最新的長篇小說被別人搶走了。」

「可是也不用睡了。」堂島說，「非得趁這個時候寫好正確答案，塞進大師房門縫才行。」

「關於這件事，我們要不要規定，即使想出答案也不能單獨去大師的房間？」顎川提議。

「爲什麼？」千葉問道。

「因爲大師的房間沒上鎖啊。說不定有人假裝拿著寫了答案的紙條到大師的房間，其實是想溜進書房偷看解答篇。」

「怎麼可能。」堂島說。

「雖然我也不認爲會有這種事，可是任誰都難免一時衝動。」顎川瞄了身旁的坂東一眼。

「我懂了。那意思是，大家在提出解答前不要獨自行動嗎？」千葉確認道。

「沒錯。儘管有很多不便之處，不過這件事最好徹底執行。」

所有人都贊同顎川的意見。

4

布穀鐘在早上八點報時。

躺在沙發上的顎川挺起上半身搓著臉。

「哎呀呀，結果完全睡不著。」

「你不是睡得很熟？」趴在餐桌上的堂島有氣無力地應道，「還打鼾咧。」

「咦，是嗎？」顎川眼珠骨碌碌地環視周遭，「另外兩個人呢？」

「千葉好像去洗臉，坂東大概在廁所吧。」

「哦。」顎川伸著懶腰，又突然想起什麼似地問，「該不會有人解開謎底了吧？」

「天曉得。坂東先生昨晚在另一張沙發上打盹兒，千葉也一副百思不得其解的樣子在這裡沉思了一整晚，大概都還沒解開吧。」

「是喔，這樣的話我還有機會。」顎川抱著胳臂點頭，「沒人半夜溜進大師的房間吧？」

「放心，我們整晚彼此監視，你可以問問另外兩個人。」堂島的口氣帶有幾分「懶得理你」的意思。

另外兩人一起回來了。

「顎川先生，你醒了嗎？」千葉調侃他，但千葉自己也是一臉濃濃的倦意。

「大家才在討論呢，顎川兄看來似乎放棄比賽嘍。」坂東說。

「開什麼玩笑，接下來才要一決勝負。」

顎川話聲剛落，二樓便傳來女人的尖叫。

「怎麼了？」坂東仰頭看天花板。

「是櫻木小姐的叫聲。」堂島起身衝出門，其餘的人也跟在他後頭。

跑上樓梯，走廊盡頭就是鵜戶川的書房，櫻木弘子正佇立門前。

「發生什麼事？」堂島問。

「那……那個，鵜戶川……他……」櫻木弘子指著房內，嘴唇像金魚般開闔。

堂島開門進去，其餘三名編輯也尾隨而入。只是，看見室內情景的剎那，大夥兒都停下了腳步，不僅如此，也停止了全身動作，無人出聲。

鵜戶川邸介倒在地上，身旁書桌上的筆記型電腦電源還開著，A4大小的白紙散落四處。其中一張落在鵜戶川穿著和式工作服的背上。

「大家不要動！」顎川說著走近鵜戶川身旁。

他單膝著地蹲下，抓住鵜戶川的右手腕，隨即抬頭望向包含櫻木弘子在內的四人，搖了搖頭。

「他死了嗎？」千葉問，嗓音如岔了氣般沙啞。

「是啊，而且……」話未完，顎川便閉上嘴，沉默不語。

「而且什麼？」坂東催促他說下去。

顎川吞了口口水，緩緩環視所有人。

「而且，他並非自然死亡。」

「你說什麼？」

坂東想走近屍體，但或許是兩腿發軟，走到距離屍體兩、三步的地方就停了下來。

反倒是千葉與堂島兩人走了過去，而櫻木弘子仍舊佇立不動。

「你們看這個。」顎川指著屍體的脖子。

鵜戶川邸介的粗脖子上明顯留下一道繩狀勒痕，還浮現了某個文字，那似乎是繡在凶器上的字。

字經過轉印變得左右顛倒，還原便是英文字母ＴＵ。

堂島拿起自己頸上的領帶，輕呼了一聲。

（問題篇　完）

※

接近午夜零時，金潮社文藝出版部的片桐敲響島袋銀一郎的書房門。晚餐過後，片桐連澡也沒洗就和猜兇手小說奮戰至今，頭髮散亂，臉上泛著油光，頸上那條昨天剛做好的「島袋銀一郎作品出版一百部紀念領帶」也鬆開了。

「請進。」書房裡傳來回應，片桐說聲「打擾了」便推門而入。

島袋面向擺在房間內側的書桌，也就是背對門口而坐。他在攜帶式文書處理機的鍵盤上咯嗒咯嗒地打了幾個字後，唰地轉過椅子。

「你猜出兇手了嗎？」島袋興致勃勃地問道。

「應該是……」片桐回答，「我想應該沒錯。」

他原想說「那部新長篇小說是我的囊中物了」，最後還是忍下。

「嗯，那我洗耳恭聽。如果能將對這部作品的感想一併告訴我，就更感激不盡了。」島袋坐在椅子上，雙臂交抱地抬頭看著片桐。

書房裡似乎沒有多餘的椅子，片桐只好站著說明。

「首先，我覺得這部小說很有趣。」他說，「將猜兇手小說發給四名編輯，再將最新作品交給推理正確的人，這點格外有意思。」

「是啊。」島袋愉快地放聲大笑，「畢竟這種情節和現實世界的情況一模一樣，只不過小說中的人名是虛構的。」

「其中該不會也有以我爲藍本而設定出來的吧？」

「這個嘛，暫且不告訴你。」島袋咧嘴笑著拿起桌上的菸，啣在口裡以打火機點火。

「還有，沒採用特定人物的視點也相當特別。小說中完全沒描寫登場人物的內心世界，頂多只敘述顯露於外的表情和動作，所有登場人物的戲分非常平均。意即除了遭殺害的鵜戶川邸介之外，其他五個人都是嫌疑犯。」

「我貫徹了猜兇手小說的原則。」島袋滿意地吐出一口白煙。

「我很了解您的目的。」

「嗯，那該讓我聽聽你的推理了吧。」

「是的。只不過，在那之前我想先指出一個重點。」片桐豎起一根手指，「那就是這部小說使用了敘述性詭計。如果沒想出這一點便很難鎖定兇手吧？」

（問題篇　完）

解答篇

「敘述性詭計？」島袋噘起下唇，側著頭，「你是指，作者對讀者設下陷阱嗎？」

「正是。」

「呵呵呵。」島袋唰唰地翻了翻桌上的問題篇影本，「原來如此，原來如此。你這話有意思，繼續說下去。」

從島袋的口吻聽來，他似乎完全沒想過要使用敘述性詭計，讓片桐感到些許不安。然而，片桐認爲自己的推理不可能會錯，深呼吸之後便接著道：

「在那之前，我想由較簡單的部分依序推理。首先，凶器明顯就是領帶。從這一點可注意到，兇手使用的是預定在『鵜戶川邸介作品出版五十部紀念派對』上發送的領帶，因爲當天坂東帶了樣品過來。那麼，除了坂東外，沒人能在事前準備吧？如此便能先將女祕書櫻木弘子從嫌疑犯中排除。」

「我希望你能讚揚作者針對領帶所下的工夫。如果沒設定是樣品，而是確定將在紀念派對上大量發送的禮物，其餘人等就可能事前弄到手。」

「這我明白。」片桐邊說邊摸自己的領帶，「這也是預定在即將舉辦的「島袋銀一郎作品出版一百部紀念派對」上發送的禮物樣品。換句話說，目前擁有這種領帶的除了片桐之外，只有來到這間宅邸的其餘男性編輯。

「歸根究柢，犯人就是四名編輯其中之一吧？」島袋催促他講下去。

「是的，如此便能鎖定犯罪時間。晚餐後到晚上十一點之間，沒有任何一名編輯單獨行動，而凌晨十二點到早上發現屍體爲止也是，因此可以假設兇手是在十一點到十二點之間下手。那麼，這段時間內誰曾單獨行動呢？顎川、千葉、堂島三人都曾以不同理由單獨行動，只有坂東一直和其他人在一起，所以在這個階段就能排除坂東犯案的嫌疑。」

「目前爲止，你說的……」島袋清了清嗓子，「誰都猜得到。」

「您說的沒錯，關鍵在接下來的部分。首先必須注意的是，坂東追著櫻木弘子到她房前，請求她透露兇手是誰的那段。兩人談話途中，顎川出現了，而鵜戶川邸介此時打了內線電話到櫻木弘子的房間，換句話說鵜戶川這時候還活著。在此之後，顎川和坂東就一直在一起。既然坂東不是兇手，也不是共犯，顎川也可從嫌疑犯中排除。」

「原來如此。」

島袋從菸盒中抽出一根香菸，啣在嘴裡點火，但隨即注意到菸灰缸裡已有一根才剛捻熄的菸，連忙熄掉手上的香菸。

「繼續講。」島袋說，「這下嫌疑犯剩兩個人，也就是千葉和堂島。」

「顎川和坂東和櫻木弘子分開後，在前往庭院子的路上遇見了要去寢室的千葉。總而言之，千葉與留在客廳的堂島都落單了，意即兩人之一就是兇手。」

「那是誰呢？」

「堂島。」

「爲什麼？」

「千葉沒有領帶。」

「沒有領帶？」

「因爲千葉是女的。」

「哦……」

島袋張著嘴，彷彿定格般一動也不動。片桐看著他那副蠢樣子往下說：

「這就是我剛才提的敘述性詭計。從問題篇的開頭一路讀下來，完全沒出現顯示千葉是男性的文句，大家稱呼千葉時也從未加上具有性別之分的稱謂。坂東在車上分發領帶後，唯獨沒寫到千葉繫上的情形。」

島袋重新看了好幾次應該是他自己寫的小說，低聲呻吟：

「但行文中也沒指涉千葉是女性吧？只因未出現千葉是男性的描述，就主張千葉是女性，可不能算是正確的推理。」

「您說的是。當然，我找到了足以證明千葉是女性的段落。」

「哪一段？」

「四人在晚餐後交談的那段，千葉將外套披在椅背上，以垂下的左手玩弄外套鈕扣。千葉若要辦到這一點，外套的鈕扣便必須在左側，換句話說，那是件女裝外套。」

「這樣啊……」島袋翻至那段，邊讀邊點頭道，「原來是這麼回事。」

「基於上述的推理，我認爲兇手是堂島。您覺得如何？我想這應該就是正確答案了。」

不知道島袋是否聽進了片桐的話，他只是不住點頭。不久，他總算緩緩抬起目光，看著面前的年輕編輯。

「喔喔，我懂了，原來是那麼回事！嗯，這是正確答案沒錯，這樣的確說得通。哎呀，得救了，這下得救了。」島袋自顧自地說完，便旋轉椅子面向書桌。

片桐如墜五里霧中，摸不著頭緒地望著作家俯首弓起的背影。

「呃，請問這是怎麼回事？您說『懂了』是什麼意思？『得救了』又是指什麼？」

島袋再度轉過身，尷尬地露出討好的笑容。

「哎呀，坦白說我也不知道兇手是誰。」

「咦？」片桐瞪大了眼，「您不知道？這到底是……」

「這部小說是去年夏天過世的內人寫的。你應該也聽過內人是我的捉刀人之類的謠言吧？雖然幾乎沒什麼人相信，但其實那謠言是真的。」

「不會吧！」

「噓、噓、噓……」島袋將食指靠著嘴唇，「別那麼大聲嚷嚷。當然，我出的書並不全是內人的著作，每幾部就有一部是我自己寫的。」

島袋接著舉出幾部作品，依片桐所知，那些都被評價為島袋的失敗作。

「所以尊夫人死後，您寫作的速度變慢了嗎？」

「嗯，就是這麼回事。小說一本又一本地寫，真的很辛苦啊。」島袋一副事不關己的表情應道。

「那麼，這次的猜兇手小說……」

「是內人的絕筆作。她只寫到那裡，還來不及告訴我解答便過世了，因而至今仍未發表。但我怎麼也想不出好點子，才會以猜兇手小說的形式刊登。反正這是月刊雜誌，我一個月內想出解答篇就行了吧。」

「可是您卻想不出來？」

「正確答案。」島袋擊掌，「我絞盡腦汁也想不出來。其實，我原打算拜託編輯部讓我看看讀者寄來的解答，如果有不錯的，我就拿來當參考寫出解答篇。」

「哦……」片桐驚訝得說不出話。

這世上肯定沒有其他作者會打算靠讀者的解答，發表連自己都不知道兇手是誰的猜兇手小說。

「只是，這個策略不太順利。」島袋垮著臉說。

「爲什麼呢？」

「沒收到滿意的解答，或者該說，幾乎無人投稿。哎呀，我雖然聽說小說雜誌銷售量不太好，卻沒想過會差到這樣的程度。」

那是因爲有你這種作家。片桐差點脫口而出，不過還是忍住了。

「那麼，您該不會是爲此才找我們來吧？」

「嗯，正是。」島袋開朗地答道，「我想你們應該能幫忙想出好辦法。果然如我預期，這下得救了，我不會出洋相了。」

「那……太好了。」

「太好了，太好了。事情就是這樣，我接下來要寫解答篇了。」島袋旋轉椅子，面向文書處理機的鍵盤。

片桐恍惚地看著作家的背影好一陣子之後，才開口說，「請問……」

「幹麼？」島袋依舊背對著片桐，以「你怎麼還不快滾」的口吻粗魯回應。

「請問，剛才的原稿……」

「剛才的原稿？」

「您先前不是說，要將最新長篇小說交給猜中兇手的人？就是您當時給我們看的那份原稿。」

「噢，那個啊？應該在那邊的紙袋裡。」島袋頭也不回地指著書房角落。

那裡確實放著一個紙袋，片桐打開一看，其中裝了一大疊A4紙。

「我可以收下這個吧？」片桐問道。

「嗯，不嫌棄的話就拿去吧。」

「容我拜讀。」

片桐興奮地拿出那疊紙，隨即變得面無血色。

「大師……這是怎麼回事？這上頭什麼也沒有，全是白紙！」

「是白紙沒錯，怎麼了嗎？」

「怎麼了……」

「我從沒提過那是原稿啊。我只承諾會將最新的長篇小說奉送給猜中者，又沒說我寫完了。」

「哪有這樣的……，那……您豈不是打一開始便想騙人……」

「別說得那麼難聽嘛。」島袋微微轉頭望向片桐。

「不用擔心，這次的長篇小說我會給你們出版社，行了吧？」

「但那不是尊夫人的作品吧？」

「那倒是，因為她已經死了啊。」

「這表示，儘管您說要寫，也不知道什麼時候才寫得出來吧？」

「少囉嗦！」島袋啐了一句，「你們只要乖乖等就好了，別忘記暢銷作家跟神一樣偉大！明白的話就快滾！」

作家這麼一吼，片桐反射性地走向門口，然而在低頭握住門把前，領帶上的花紋映入他眼中，那是「島袋銀一郎作品出版一百部紀念領帶」。

某個火種在他腦中炸開。他轉過身子，緩緩鬆開領帶，朝作家背後走去。

（解答篇　完）

04

超高齡化社會殺人事件

1

藪島清彥尚未出現在約好的「澀澤咖啡店」。小谷健夫鬆了口氣，挑了個能夠看見大門的位子坐下。女服務生來點餐時，他點了熱咖啡。

小谷環顧店內一整排四人座，心想，從第一次來這家店到現在過幾年了呢？他是擔任藪島的責任編輯後才開始來這家店，算算也有二十年了吧。第一次是藪島的前任責任編輯帶他來的，當時傳眞機已相當普及，也不乏以電子郵件寄送原稿的作家，編輯和作家在咖啡店見面交稿的情況逐漸減少，但藪島還是喜歡當面交稿，所以每到這個時候小谷就會光顧這家店。

小谷今天也要向藪島拿在《小說金潮》月刊上連載的推理小說原稿。

小谷鄰桌那名年輕男子使用的電腦只有記事本大小，機體豎著一根小巧的天線，看來正與網路系統連線。不記得是幾年前開始的，行動電話與筆記型電腦合而爲一，更進一步縮小爲掌上型尺寸在市面上販售，小谷工作的出版社裡也有人使用，這樣便能隨時隨地與作家聯絡、接收原稿，或與印刷廠聯絡。聽說有一名年輕編輯曾因腹瀉不止，當天大部分的工作都在家中廁所完成，小谷年輕時根本無法想像會有這樣的事。

不過，小谷悄悄露出從容的微笑，心想那不能解決所有事情。時代邁入二十一世紀已久，然而並非所有人都隨機器文明起舞，依舊有編輯像自己這般，爲了向作家拿原稿而約在咖啡店。藪島清彥仍和二十年前一樣不使用傳眞或電子郵件，不僅如此，他的原稿還是手寫的。

女服務生送來熱黑咖啡。小谷聞了聞香味，啜飲一口。這家店的咖啡味道與二十年前完全相同，只要喝下這裡的咖啡，精神就會爲之一振。前陣子看的週刊又提到咖啡喝太多對身體不好，但他不以爲意，咖啡對編輯而言是不可或缺的。原本香菸在他心目中也同樣重要，只是好幾年前起各公共場所都開始禁菸，咖啡便成了他最後的堡壘。

小谷打開公事包，取出一個大信封，將裡頭幾本裝釘稿全抽出來。

那是藪島清彥連載中的小說手稿。目前連載了九回，所以原稿也有九份。

小谷翻開第一回原稿，喝了口咖啡後開始閱讀。

2

《白雪山莊富家千金密室殺人事件　第一回》

高屋敷秀麿獨自步下列車。他豎起大衣衣領抵擋冷風，走在寂寥的月台上。剪票口有個白髮站員等著，腳邊擺了一台電暖爐。高屋敷將車票交給他。

小小的木造車站，候車室也不大，只見ㄇ字形的長凳圍著一個石油暖爐，一對母子坐在那裡。母親約莫三十餘歲，套頭毛衣外是件紅色連帽厚夾克。小男孩看似剛上小學，他翻著漫畫雜誌，搖晃穿著黑色膠筒鞋的小腳。

高屋敷正要坐下時，一名男子走了進來。他身穿毛皮背心，戴著防寒耳罩，年紀約五十歲，身材魁梧。

「您是高屋敷偵探嗎？」男人問道。

「我是。」高屋敷回答。

「抱歉讓您久等了。我是櫻木別墅的管理員中村鐵三，我是來接您的。」

「噢，你好。」高屋敷摘下帽子，低頭致意，「不好意思，讓你特地跑一趟。」

鐵三開來一輛四輪傳動箱型車。道路上積雪厚實，若非這樣的車還眞教人不放心。

「大家都到齊了嗎？」高屋敷上車後問道。

「是的。梅田夫婦於早上抵達，剛才松島先生和竹中小姐也到了。」

「這樣啊，大家的身體狀況還好嗎？」

「梅田太太風濕的老毛病犯了，一到便馬上去泡溫泉，其他人還是一樣老當益壯。」

「那就好，看來今年也能過個好年了。」

「是啊，大家都這麼說。」

大約一星期前，櫻木要太郎邀請高屋敷到他別墅一同過年。櫻木是高屋敷念大學時認識的朋友，至今每年仍會互寄賀年卡。

多年前高屋敷曾造訪櫻木位在等等力的住處，那是高屋敷最後一次見到他。那時高屋敷認識了梅田夫婦、松島次郎、竹中加世子等人，與他們親近起來，四人和櫻木似乎有四十多年的老交情了。

「美禰子小姐好嗎？」高屋敷問。

「嗯，她很好。」

「她又更加美麗動人了吧？」

「是啊，那當然。」彷彿對方誇獎的是自己，鐵三瞇起了雙眼。

美禰子是櫻木的獨生女，但並非他的親生骨肉，而是第三任妻子帶來的孩子。一直沒有兒女的櫻木不只疼愛新妻子，也很溺愛這孩子。幾年前高屋敷見到她時還是個大學生，如今應該也二十五、六歲了。

四輪傳動箱型車在雪地上不斷前行。鐵三相當謹慎地開車，坐在副駕駛座上的高屋敷十分放心。

先前都是上坡路段，這時突然變成下坡，車子猛然加速，輪胎好像稍稍打滑了。高屋敷覺得有點危險，看了鄰座一眼，發現鐵三一臉鐵青。

「怎麼了？」

「煞車……煞車不靈。」

「你說什麼！」

3

小谷一口飲盡冷掉的咖啡，瞄了大門一眼，都超過約定時間十多分鐘了，藪島還沒出現。不過這是常有的事，小谷猜想藪島大概再十分鐘才會到吧，於是招來女服務生，又點了杯熱咖啡，重看一次剛才讀過的部分。

故事到這裡還算可以，這一系列的主角高屋敷秀磨的出場方式很自然，讓人看不出接下來主角將進入怎樣的世界。故事一開始馬上發生煞車故障，安排這種山雨欲來風滿樓的前兆倒也不錯。

若要雞蛋裡挑骨頭的話，就是藪島的小說一向嚴重欠缺現代感。這部小說的背景設定在現代，如此一來便有太多不自然的地方。

首先是突然出現的木造車站，現在再偏僻的鄉下地方也看不到那種建築。還有剪票口，目前日本全國各地都已實施剪票自動化。連候車室裡那對母子也完全不符時下的情況，這種時候小孩一定會拿著超迷你電動遊戲機，而母親的打扮也很怪，如今究竟有多少人知道什麼是連帽厚夾克？

不過算了，那些都無所謂，反正關鍵在於這個故事是否具備小說的形貌，以這點而言，第一回連載算合格了。

高屋敷急中生智克服了煞車不靈的危機。調查後發現車子遭人動過手腳，但高屋敷要鐵三保密，別向任何人提起這件事。

抵達櫻木要太郎的別墅時，高屋敷看見櫻木和所有客人在客廳裡談笑。小說中依序描述了梅田夫婦、松島次郎及竹中加世子的身分，接著，美禰子登場了。

宛如天女下凡般，美禰子身穿一襲白色禮服，緩緩走下樓。她美豔得不可方物，令人不禁屏息。

這太八股了吧，小谷不禁苦笑。有沒有辦法稍微改變一下這種老掉牙的寫法呢？不過，這也算藪島費盡心力寫出的句子了。

美禰子身後出現了另一名叫杉山卓也的青年。當櫻木宣布他是美禰子的未婚夫時，第一回連載便告一段落。

當時那個人的腦袋還正常吧，小谷回想著。那個人當然是指藪島清彥。到了第二回、第三回，隨著連載次數增加，藪島的情形愈來愈怪。

小谷拿出第三回原稿，翻至後面的部分，總算找到了發現櫻木美禰子屍體的段落。

到了該吃早餐的時候，美禰子還沒出現。原本在看報的要太郎抬起頭，瞥了牆上的時鐘一眼，皺起眉。

「美禰子是怎麼回事？大家都已到齊，剩她一個人拖拖拉拉的，該不會還在睡吧？」

「好了好了，沒關係啦。昨天晚上她得陪我們，大概累了吧。」梅田房江微笑著說。

「是啊。何況昨天晚上她必須將未婚夫介紹給我們認識，這麼重大的事，想必她挺緊張的。我們不介意，不如就讓她好好睡一覺吧？」聽梅田健介這麼一說，松島次郎和竹中加世子也點頭表示同意。

「不不不，你們的好意我心領了。她是今後要繼承櫻木家的人，這樣賴床可不行。卓也，你今天早上也還沒見到美禰子嗎？」

杉山卓也給了肯定的回答。

「那麼，她或許真的還在睡。淑子小姐，麻煩妳去叫美禰子起床。」要太郎吩咐女傭。她應一聲便上了樓。

「看來今天也是好天氣。」竹中加世子透過面向露台的氣窗看著外頭。

「可是天氣預報說今晚會起暴風雪。」松島次郎說。

「哎呀，是那樣的嗎？」

「我昨晚也聽新聞這麼播報。」杉山卓也語調稍嫌客氣地插嘴，「聽說初一到初三的天氣都不好。」

「真可惜。那我們是不是別去新年參拜比較好？」梅田房江側著頭問。

「有什麼關係，奢侈地喝個賞雪酒吧。」梅田健介咧嘴笑道。

「老公你呀，腦袋裡別老是想著喝酒。」

此時，原本在看書的要太郎瞄了手表一眼，疑惑地歪著頭。

「美禰子是怎麼？該不會還在睡吧？」

「好了好了，沒關係啦。昨天晚上她得陪我們，肯定累翻了。」梅田健介說。

「是啊。何況昨天晚上她必須將未婚夫介紹給我們認識，想必挺緊張的。我們不介意，請讓她好好睡一覺。對吧，各位？」聽梅田房江這麼一說，松島次郎和竹中加世子也點頭表示同意。

「不不不，你們的好意我心領了。她是今後要繼承櫻木家的人，這樣賴床可不行。淑子小姐，麻煩妳去叫美禰子起床。」要太郎吩咐女傭。她應一聲便上了樓。

乍讀這個段落時，小谷搞不清楚究竟怎麼回事，重新看過才發現原來是相同的情節寫了兩次。但當時他還沒察覺事態的嚴重性，並未將這件事情放在心上。那時，小谷將這個情況解釋爲藪島寫作過程受某些事情干擾而中斷，再度提筆便不小心將寫過的內容重覆了一次。

然而，繼續看下去，小谷又發現了另一段難以理解的情節。

二樓突然傳來尖叫聲，原本在看雜誌的櫻木抬起頭，「剛才那是什麼聲音？」

「是淑子小姐。」松島說著便站起身。

松島衝上樓，高屋敷跟在他身後，要太郎他們也隨後跟上。

松島最先衝進美禰子的房間。

「啊，糟了！」松島叫道。

接著高屋敷也進到房間，看見眼前的情景，他倒抽了口氣。

美禰子倒在床上，一把刀深深刺進她的背。

「這是怎麼回事？為何會發生這種事……」跟著進來的要太郎呻吟道。

「我不曉得，進房的時候就這樣了。」淑子在房外顫抖著身子應道。

高屋敷走近窗邊，仔細觀察後回頭看著大家。

「窗户上了鎖，沒有動過手腳的跡象。」

大家訝異地應了一聲，個個陷入沉思。

高屋敷問淑子，「妳來的時候門關著嗎？」

「是的。」淑子點頭，「肯定關著。」

「嗯……」高屋敷低聲嘟囔，「這麼一來事情可棘手了。」

「這話怎麼說？」松島問。

高屋敷說，「看來美禰子是遭人殺害了，可是窗户上了鎖，門又關著，那兇手究竟是怎麼離開這房間的呢？換句話說，這是起駭人的密室殺人案！」

小谷還記得當初收到這份原稿時，反覆看了這段好幾次。他實在想不通爲什麼這是密室？說的更具體一點，「門關著」這種描述方式很模糊，也很曖昧。

不得已，小谷決定打電話詢問藪島。

「那個，請問這是門上了鎖的意思嗎？」

「當然啊。」藪島回答，「從房內鎖起來了。」

「可是上一回的劇情中曾提到門鎖是搭扣式的。」

「是搭扣式的啊，就是扣上金屬零件的那種鎖。」

「但如果是那種鎖，從門外打不開吧？」

「對呀，若非如此，鎖門便失去意義了。你到底想說什麼？」

「噢，嗯……，那個，我在想，女傭是怎麼進去的？」

「咦，什麼？」

「女傭啊，她進去房間了吧？」

「她沒進去，你讀仔細點！我不是寫『在房外顫抖著身子』嗎？」

「噢，我明白了。那麼，是誰打開門的？」

「松島啊，你讀到哪去啦！」藪島焦躁地回道。

「那松島是怎麼開門的？鎖不是從房內扣上了嗎？」

「呃……」藪島說不出話。

這陣沉默將小谷推向不安的深淵，難道這個人現在才察覺如此嚴重的矛盾……

「或者……」小谷說，「松島是以蠻力破門而入？」

其實小谷這句話有大半是為了給藪島台階下，但藪島似乎沒能馬上會意，還反問，「咦，什麼意思？」

「也就是說，這扇門從房內上了鎖，要開門只能破門而入。」

藪島靜默片刻才恍然大悟，「啊啊」大叫了聲。

「是啊。嗯，沒錯，他是破門而入的，我疏忽了，最近太忙了嘛。」

「那麼，『松島最先衝進美禰子的房間』這句，我改成『美禰子的房門似乎上了鎖，於是松島破門而入』嘍？」

「嗯，這樣好。」藪島說，「我原本就打算這麼寫。」

「不過這麼一來，女傭的尖叫聲又成了問題。」

「尖叫聲？」

「是的，高屋敷他們是聽到尖叫聲才衝上二樓的吧？為什麼女傭會尖叫呢？」

「那還用說，當然是因爲她看見屍體啊。」

小谷覺得頭愈來愈痛了，但仍耐著性子繼續發問。

「可是，這個時候門還關著吧？門關著怎麼看得見屍體？」

電話另一端傳來藪島的低聲驚叫。

「這時女傭還無法看見屍體吧？」小谷追問。

「你很囉嗦耶！」沉默沒多久藪島便不悅地應道，「拘泥那種小地方怎麼寫得出大格局的作品，如果你們喜歡小家子氣的東西就去找別的作家。」

「是，呃，非常抱歉。」

「我也是人啊，不可能寫出零缺點的作品，你的工作不就是塡補缺點嗎？」

「那麼，由我適當地修正好嗎？」

「交給你了。告訴你，我很忙的。」藪島掛上電話。

最後，小谷將這段內容改成女傭淑子覺得美禰子房間的狀況有異，找來高屋敷等人。他看著改寫過的原稿，心想原來謠言是眞的。

所謂的謠言，就是有人懷疑藪島清彥開始失智。

4

小谷不是完全沒察覺到徵兆。閱讀藪島最近的作品時，小谷經常覺得某些段落很怪，不是劇情牽強就是解謎不合邏輯，都是一些藪島以前寫的小說不會發生的情況。

那個人終於也走到了人生無可避免的階段，小谷這麼想著。深思之下，其實這也是沒辦法的事，畢竟藪島清彥今年已九十歲，或許該說至今他也算夠努力了。

目前活躍的作家中，超過九十歲的占了好幾成，近來還謠傳幾位患了失智症。不過，並非最近突然流行高齡作家，純粹只是大家一起上年紀罷了。

進入二十一世紀後，日本人不讀書的情形益發嚴重。書賣不出去，作家便難以維持生活，想成為作家的年輕人因此大幅減少。這幾十年來，在小說界活躍的幾乎都是熟面孔，換句話說，當時那些三、四十歲的作家一路創作至今。

年紀增長的不單作家，讀者也一樣老了。新讀者可說完全沒增加，現在會買書的肯定和幾十年前是同一群人，只不過舊讀者也不想嘗試接觸現在的新作家，只願意繼續看自己偏愛的作家寫的書。

因此，相較於新作家，出版社反而必須不斷出版舊作家的書。儘管那些作者年近九十，甚至是百歲人瑞，仍得請他們寫作，這便是社會高齡化衍生的現況。

即使如此，藪島清彥再怎麼看都太勉強了，小谷心想。如果是其他類型的小說也就算了，要一個開始失智的人創作推理小說根本是不可能的事。

小谷翻開《白雪山莊富家千金密室殺人事件》第七次連載的原稿，短時間內他應該忘不掉初次看這份原稿時受到的震驚。

這一回的場景始於高屋敷偵探遇上第二起命案，根據上一回最後的情節，屍體倒在離別墅稍微有點距離的森林中。

「有人倒在那裡。」松島說完便跑了起來。

高屋敷也邁開步伐，但積雪頗深，無法運動自如。

「這是怎麼回事！為什麼會這樣……」要太郎呻吟著。

高屋敷走近窗邊，仔細觀察後回頭望著大家。

「各位，看來美禰子遭人殺害了。但窗户上了鎖，門也從房內反鎖，兇手究竟如何離開這房間的？換句話說，這是一起駭人的密室凶殺案件！」

這一段居然又出現了櫻木美禰子的屍體？而且場景明明在森林裡，爲什麼瞬間又變成在別墅內？高屋敷宣布這是密室殺人事件而驚動眾人的段落也幾乎和第三次刊載的原稿如出一轍。

接著讀下去，之後的內容更是亂七八糟。

梅田健介一副凶神惡煞地模樣逼問要太郎。

「都是你的錯！都是你找我們到這種鬼地方，大家才會接連遭到殺害。把我的房江還來！」

「梅田先生，請冷靜點。美禰子小姐被殺了，櫻木先生也是受害者啊。」竹中加世子勸道。

「可惡，可惡，可惡啊！為什麼我們得遇上這種事情？為什麼房江會被人殺死？我絕不原諒兇手！我一定要揪出他的真面目！」

這時，名偵探神無月小次郎出現了。

「我一定會設法找出真兇，這世上沒有我神無月偵探解不開的謎。」

讀完這個段落，小谷察覺森林裡發現的第二名被害者應該是梅田房江。

不過，最令人困惑的還是神無月小次郎的登場。這個人物不該出現在這次的小說中，他是藪島清彥為另一家出版社寫的固定出場人物，看來高屋敷與神無月在藪島清彥腦中已混在一起。

而故事就在一片混亂中繼續發展。

神無月對著大家說：

「總而言之，鐵三先生劈完柴是下午三點，屍體則在六點半發現，梅田房江女士便是在這段時間遇害。我想請問各位期間在哪裡做什麼。」

「我在書房裡看書。」櫻木要太郎回答。

「你能證明嗎？」高屋敷問。

「大約五點左右，我請淑子小姐送咖啡過來。」

「那不算證明。」松島說，「三點到五點之間有兩個小時，足夠犯案了吧？」

「松島先生，你當時人在哪裡？」高屋敷問。

「我和竹中先生一起在後院散步。」

「是啊，我們在一起。」竹中和夫也點頭。

「梅田先生呢？」

「我與房江待在房裡。對吧，房江？」

「嗯，是啊。」梅田房江也爽快地答道。

「這麼一來，美禰子小姐遇害時，沒有不在場證明的只有你了。」神無月指著櫻木要太郎。

小谷嘆了口氣。這份原稿他已看過無數次，仍不禁感到頭痛。

書中出現兩個偵探的名字會令讀者混淆，不過這尚有辦法解決，糟的是調查梅田房江命案的不在場證明時，梅田房江居然現身了，而且還打算當她先生的不在場證明證人。儘管竹中加世子不知不覺間變成竹中和夫這名男性也很傷腦筋，但第二具屍體竟然又寫成美禰子，究竟是怎麼回事？

看來藪島的推理作家生涯已到盡頭，這次連載結束後暫時別向他邀稿比較好。這部《白雪山莊富家千金密室殺人事件》感覺像他拚了老命才勉強寫到完結篇。其實原稿中那些令人困惑的段落，最近一直都由小谷自行改寫，剛才重看的第七篇原稿中，改掉的部分比沒動過的還多。當然，第八篇、第九篇的原稿也好不了多少。

小谷非常擔心今天將拿到的完結篇，只要稍一想像會寫成什麼德性就感到無比恐懼。

小谷將那一大疊原稿收進公事包。店門正好在這時打開，藪島清彥走了進來。

5

藪島站在門口，戴著老花眼鏡環顧店內。小谷不斷揮手，但他遲遲沒有發覺。

當小谷想著只好自己去叫他，而正要起身的時候，藪島面無表情地走了過來。

「你挺早的嘛，我以爲你還沒到呢。」藪島邊坐下邊說。

「喔……」

遲到四十分鐘還有臉說那種話。小谷雖這麼想，卻依舊保持沉默。

女服務生前來點餐，藪島點了日本茶。

「大師，請問原稿呢？」小谷有些膽怯地開口。

「嗯，我帶來了。」藪島點個頭，看看身邊，「哎呀，跑哪兒去啦？」

「大師，稿子不在背包裡嗎？」

「背包？我沒帶那種東西來啊。」

「可是你揹了一個喔。」

「咦？」藪島總算發現自己揹了背包，「噢，對，我放在這裡面。你很清楚嘛。」

「嗯，哪裡。」小谷硬生生吞下「因爲你平常老是這樣」這句話。

「我看看，嗯，就是這個。」藪島拿出一疊稿紙，「這可是傑作。」

「這樣啊，容我拜讀。」小谷雙手接過原稿。

女服務生送來日本茶，小谷以眼角餘光捕捉藪島津津有味地品茶的身影，接著瀏覽起原稿。

前一篇末尾寫到高屋敷秀麿將眾人集合在客廳，即將揭曉謎團，所以這一篇理應能看到後續。

但才剛開始讀，小谷馬上發現劇情全變了。登場人物不知爲何都出現在東京，而且大家像沒發生過命案一樣，感情融洽地談笑風生。小谷心想，這大概是先描寫命案解決之後的發展吧，也就是採取由某人回想的形式說明命案如何解決，這種手法具有讓讀者讀到最後的吸引力。

總之先看再說，小谷這麼想著，便翻開稿紙繼續看下去。

然而，直到剩沒幾張稿紙時，仍未出現說明命案是如何解決的段落。登場人物彷彿忘了曾在白雪山莊發生的慘案，過著平凡的生活。

就在小谷猜著劇情究竟會如何發展時，突然出現了令他大爲吃驚的內容。

「好，各位，差不多該走嘍。」高屋敷對大家說。

「是啊。」

「出發吧。」

在高屋敷的帶頭下，一行人浩浩蕩蕩地出發。今天有一場睽違已久的槌球比賽，領著眾人，高屋敷想起了櫻木要太郎，他不曾忘記這位一年前殺死女兒後自殺的摯友。從前兩人也像現在這樣，一同參加過幾次比賽。

我會連你的份一起努力的。

高屋敷對天發誓。

（全文完）

「咦？」小谷唰唰地重新翻閱這疊稿紙，「那個……大師，請問這樣就結束了嗎？」

「是啊。」藪島以「你有什麼意見？」的眼神看著小谷。

「犯人是……櫻木要太郎嗎？」

「是啊。很意外吧？」藪島愉快地說。

「不，不是意不意外的問題，那個……解謎的部分怎麼辦呢？」

「解謎？」

「案件裡不是有幾個謎團？解開謎底比較好吧。」

「所以我不是解開謎底了？犯人是櫻木啊。」

「這我知道，但我認爲要有鎖定犯人是櫻木的證據與說明。上個月都特地以高屋敷開始推理的場景收尾了，是不是有個後續比較妥當？」

「都這種時候了，你在說什麼啊？」藪島突然發飆，「當初不就談定這次是完結篇嗎？事到如今還要我寫後續是怎樣！」

「不、不。」小谷慌張地揮手，「這次確實是完結篇，不會改變。只是我想，在這次的故事中加入偵探解謎的段落會不會比較好？」

「讓神無月小次郎解謎嗎？」

「不，不是神無月……」小谷說到這裡忽然閉上嘴，接著改口道，「對，神無月也行，總之我希望能有個偵探來解謎。」
「我不是解謎了？殺死眞智子的是櫻木。」
「眞智子？」
「櫻木在船上掐死了眞智子。」
「呃……大師，請等一下。那是哪部作品的內容？不是我們出版社的小說吧。櫻木殺死的是美禰子吧？」小谷從椅子上起身認眞地說。他已無暇顧及四周客人正以奇怪的眼神盯著自己。
「美惠子是我姪女喔，她過得很好。」
「不是美惠子，而是美禰子。」小谷將之前讀的原稿放在桌上，打開美禰子登場的那頁，「請看，這裡出現的是美禰子。」
「美禰子啊……」藪島自言自語，然後重重點了個頭，「這是一起悽慘的命案，美禰子她呀，在將未婚夫介紹給大家的當天晚上遭某人刺殺了。」
「沒錯、沒錯，就是那個內容。」小谷鬆了口氣，重新在椅子上坐好。
「而且……」藪島繼續道，「命案現場眞的很奇怪，窗戶和房門都從房內上了鎖，還有一把刀插在屍體背上，所以絕不可能是自殺。兇手究竟怎麼離開房間的？如何，很不可思議吧？在推理小說的世界裡，這就叫密室。」
「大師、大師。」小谷再度從椅子上起身，微微揮動雙手制止藪島，「這我知道，我仔細拜讀過了。」
「你讀過了嗎？」

「是的，因爲我是責任編輯。」

「這樣啊，眞了不起。嗯……那是什麼時候出的書呢？我寫過太多部小說，都不記得了。」

「不，那還沒出版，目前還在連載。我讀的是原稿。」

「原稿？」藪島睜大了眼，「是喔，原來那部作品那麼多人買啊，太好了，我眞是個超級幸運的作家。」

小谷感到胃部傳來陣陣刺痛，好想逃走，但他得想個辦法處理完結篇的原稿才行。

「所以啊，我想要解決大師剛才說的密室之謎。」小谷誠惶誠恐地說。

「解決密室之謎？什麼意思？」

「也就是說，兇手到底是怎麼離開房間的？我想請大師解釋清楚這個密室詭計。」

「要我解釋嗎？」

「對，畢竟想出密室詭計的是大師吧？」

「不，沒那回事。想出密室詭計的是愛倫坡喔。愛倫坡寫了〈莫爾格街凶殺案〉這篇小說，講出來你可別吃驚，犯人居然是……」

「我知道。」小谷忍住想哭的情緒，「愛倫坡的〈莫爾格街凶殺案〉是文學史上第一部使用密室詭計的小說。我很清楚，只不過現在談的不是〈莫爾格街凶殺案〉，而是《白雪山莊富家千金密室殺人事件》。這裡面出現的密室詭計是大師想出來的吧？所以只有大師能夠揭開謎底。」

「密室？」藪島瞪大雙眼，「眞智子是在船上遇害的喔。」

小谷渾身無力地跌坐在椅子上。

這下完蛋，這個人沒辦法寫小說了。

「我明白了。那麼，請告訴我眞智子遭人殺害的理由。只要告訴我這一點，剩下的我會想辦法處理。」

「眞智子？遭人殺害的是美禰子吧？」藪島一臉正經地說。

小谷很想往那張臉打下去，但還是強忍住。

「是的，是美禰子。美禰子遭殺害的理由是什麼呢？」

「這個嘛，因爲她得知了兇手的祕密。她目擊到兇手殺害另一個人，所以慘遭滅口。」

「請等一下，另一個人是指……」

「應該還有一個人死掉啊。」

「梅田房江嗎？」

「嗯，是這個人嗎？」

「不過，梅田房江是在美禰子之後遇害的，美禰子不可能目擊到犯人殺害房江吧？反過來的話倒有可能。」

「反過來？」

「總之，就是梅田房江目擊到犯人殺害美禰子，所以慘遭滅口。」

「噢，這樣啊。」藪島一臉佩服地說。

「基本上，這樣劇情便合理了。」

「好，就決定這麼辦。那接下來麻煩你了。」藪島想要起身。

「請等等。梅田房江遇害的理由可以這樣處理，但美禰子的部分尚未解決，她爲什麼會被殺呢？」

「美禰子啊……」藪島陷入沉思，臉痛苦地揪成一團。

小谷正打算放棄時，老作家突然抬起頭。

「對了，我曉得啦。」

「曉得什麼？」

「美禰子目擊到犯人殺害眞智子，才會慘遭滅口。」

6

「眞是敗給他了。不過也罷，反正這是最後一次從那個人手中接到原稿了。」小谷面露苦笑，遞出一疊稿紙。

「辛苦你了。」金子唰唰翻閱原稿，出聲附和。經小谷一番推敲，原稿改得滿江紅，每一處都大幅修正過。

「別說要解釋清楚密室詭計，他連犯罪動機都忘了。雖然問過本人，但其實等於白問，所以我適度改寫了。」

「不好意思，老是麻煩你這種苦差事。」

「我想了很久，最後決定利用乾冰製造密室詭計。以乾冰支撐搭扣，等乾冰溶化後搭扣便會掉下，將門鎖上。如何，這是個嶄新的創意吧？」

「是啊。」

「我將殺人動機歸因於兇手的亂倫之愛。兇手太愛自己的女兒，不想將女兒交給外人，於是殺了她。這不也是劃時代的想法嗎？」

「我覺得很好。」

「那麼，你看過後，如果沒問題就送去印刷廠，我待會兒還要去談公事。」小谷說完便拿著公事包離開。

等完全不見小谷的身影後，金子嘆了口氣。鄰座的吉野惠似乎看到了剛才的情景，對他說，「總編還眞辛苦。」

金子看著手表苦笑，「我被迫和老人家聊了一個小時。」

「小谷先生幾歲呀？」

「他退休十年了，大概七十歲吧。不過在約聘員工中，他還算是中堅分子。」

「他說這是最後一次跟藪島先生合作了。」

「他老是那麼說，最後依舊會請藪島先生寫稿。藪島先生的書賣得還不錯，我們也沒辦法拒絕。」

「哦，賣得不錯啊？所以果然很有趣嘍？」

「別開玩笑了，怎麼可能有趣。這部《白雪山莊富家千金密室殺人事件》和上次的《暴風雨孤島天才歌姬密室殺人事件》只是換湯不換藥，除了故事背景與登場人物的名字不同，劇情發展都一樣。」

「咦，是那樣嗎？但這次的密室詭計和殺人動機，不都是小谷先生想出來的？」
聽了吉野惠的話，金子一臉不耐地搖頭。
「這是小谷先生第三次修改藪島大師的原稿。雖然他本人似乎忘記了，不過前兩部作品的密室詭計都使用了乾冰，犯罪動機也都是亂倫之愛。」
「啊？這是怎麼回事？」
「那個人好像也失智了。」
「眞不敢相信，這種東西可以出版嗎？」
「可以啦，反正讀者也不記得前作的內容了，畢竟讀者的平均年齡是七十六歲。」
金子大大地伸個懶腰，眺望窗外。他心想，小谷現在肯定又在那家叫「澀澤」的咖啡店裡，喝著已五十餘歲的女服務生爲他送上的熱咖啡。

05

超預告小說殺人事件

1

杉山芭蕾舞團事務局長中山春子，比平常早了三十分鐘左右抵達位於杉並的舞團上班。事務局辦公室和練舞室在同一棟建築物裡。

當她想打開樓下大門時，不禁心生疑惑，鎖竟然開著，也就是說有人比她先到？太陽要打西邊出來了，除了她之外，只有團長杉山週助及他的兒子舞台總監杉山晃一郎持有鑰匙。週助目前在歐洲，這麼說是晃一郎先來了。但就中山春子所知，晃一郎向來很難早起，以往從沒這麼早到練舞室過。

她往練舞室前進，想和晃一郎打聲招呼。然而，當她穿過走廊時，發現似乎有些不對勁。假如晃一郎到了，停車場裡應該會停著他的BMW愛車，可是她剛才並未看到車子。

她懷著一絲不安來到練舞室門口，開門後只見寬敞的練舞室地板中央有個白色物體。起初，中山春子以為是誰忘了帶走舞衣，因為她看出那是《天鵝湖》裡白天鵝角色的舞衣。然而，她愈走近便愈清楚不僅是那麼回事。

她停下腳步，雙腿顫抖起來。

那確實是白天鵝的舞衣，不單如此，那還是一名穿著舞衣倒臥在地的女子。當認出她是首席女舞者弓川姬子時，中山春子當場癱軟下來。

弓川姬子的胸口插著一柄匕首，流出的少許鮮血將白色舞衣染上黑污。

過了幾秒後

當松井清史要在鍵盤上敲下「中山春子發出了尖叫。」時，門鈴響起。面向舊型文書處理機的他看了眼桌上的時鐘，下午兩點十三分了。他幾乎是用跳的從椅子上起身，衝向玄關。從門上的窺視孔看見遠藤蒼白清瘦的臉，松井打開大門。

「哎呀，你好。」松井臉上堆滿笑容。

「我有點遲到了，抱歉抱歉。」滿面鬍子的遠藤將手掌抵在鼻梁上作勢道歉。

「哪裡，請進。不好意思，房間很小。」松井請遠藤進屋。

這是間四坪大的套房，稱得上家具的只有床、書桌與光看就很廉價的玻璃茶几，大量的書籍像座小山似地堆在牆邊。

松井拿出一個有點破舊髒污的座墊，遠藤盤腿坐下。

「這個是給你的，佃煮肉(1)。老吃泡麵會沒力氣工作喔。」遠藤將帶來的紙包放在茶几上。

「啊，麻煩您了，眞是感謝。」松井拚命點頭致謝。

1 以醬油、味醂、砂糖重味烹煮的保存食品。

「噢，看來你在寫稿，是連載第三回的稿子嗎？」遠藤看著文書處理機的螢幕問道。

「是的，不過進展不如預期就是了。」

「沒關係，反正離截稿日還很久，不用緊張啦。對了，這個月的《小說金潮》寄來了嗎？」

「昨天剛收到。」松井從書桌上拿起一本小說雜誌放在遠藤面前。

遠藤翻開雜誌，找到松井寫的〈死者衣裝　第二回〉那一頁。

「到目前爲止的故事發展，我覺得還算不錯。」遠藤說，「第一回中屍體突然出現的方式不錯，護士在醫院屋頂慘遭勒斃，這樣的情節讓人腦中頓時浮現鮮明的影像。」

「多謝誇獎。那麼您覺得第二回如何？」

「嗯，第二回也很好，百貨公司電梯小姐遇害的場景描寫得十分有震撼力。」

「聽您這麼說，我就放心了。」

松井起身，將流理台旁的咖啡機開關按下。他已事先放入咖啡粉與水，只要遠藤一來便能馬上煮咖啡。

「只是，你啊……」遠藤一副難以啓齒的模樣，「該怎麼說呢，描寫殺人情節的段落讀起來很刺激，但故事的鋪陳有點單調。登場人物也是，實在沒什麼存在感，很平凡。我覺得身爲報社記者的主角，再多強調一點個人特色比較好。」

「是嗎……」松井在遠藤面前重新端坐。

「哎呀，別露出那種難堪的表情。你的小說寫得相當不錯喔，故事的展開很自然，人物採取的行動也合情合理。雖然每一回都出現屍體卻不會讓讀者覺得脫離現實，我想這多虧了你那種穩健踏實的寫法吧。其他作家寫小說時爲了炒熱氣氛，常會讓筆下人物胡亂行動，或寫出完全不可能發生的情節。相較之下，我認爲你的作品質量一直都很高。」

「非常感謝您的抬愛。」松井又低頭表示感激。

「可是啊，從做生意的角度來看，哪種比較暢銷又是另一回事了。實際上，情節有點離譜但故事鋪陳有趣的書還是賣得比較好。讀者不會看得那麼仔細，也沒那麼拘泥小節。」

「我知道。」

「我想要一些具衝擊性的東西。」遠藤用力握緊右手拳頭，「如果加入一些能夠成爲話題的元素，這本小說應該會得獎。」

「不如加入性愛場面吧？」松井試探性地說出腦中想到的事。

但遠藤卻皺起眉頭，揮了揮手。

「不行啦，那種小把戲抓不住讀者的心。只加入性愛場面，你認爲能產生衝擊性嗎？如今的社會A片氾濫，網路上到處都是未經處理的裸露照片喲。」

「是……那我該怎麼辦？」

「思考這點是你的工作吧？務必寫些讓世人大爲驚訝的東西出來。總之，發生在現實生活中的命案，往往遠比小說更出人意表喔。」

遠藤說完之後，像突然想起什麼地從公事包裡拿出一張紙。那似乎是張剪報。

「對了，我前陣子整理舊報紙時發現一篇有趣的報導。由於當時媒體並未大肆報導，我沒注意到。」

「什麼事？」

「你看一下，很有趣喔。」

松井接過那張剪報。報導的篇幅很小，大概是刊登在社會版的角落吧。但松井看了內容後也大吃一驚，標題是「護士在松戶的醫院中慘遭勒斃」。

「很有趣吧？」遠藤咧嘴笑著說，「跟你的小說第一回中出現的情景一模一樣。雖然是偶然的巧合，不過我覺得很不可思議，天底下居然會有這麼剛好的事。」

「眞的很不可思議。」

「總而言之……」遠藤恢復認眞的神情，「你絞盡腦汁才寫出這樣的故事，現實生活中卻經常發生。我想你應該好好重新思考，小說裡能寫些什麼。」

「明白了，我會努力學習。」松井微微低頭。

2

遠藤只喝一杯咖啡就回去了。松井啜飲著第二杯咖啡，望著文書處理機卻無法馬上開始工作，遠藤的話一直在他腦海中揮之不去。

衝擊性啊……

他嘆了口氣，要是具有衝擊性的小說能如此輕易寫出就好了。

三年前，松井清史以作家身分躋身文壇，他投稿參加《小說金潮》舉辦的新人獎，獲選為佳作。自大學畢業以來，他一直以作家為目標，已超過十年沒有固定工作，得獎後總算站上了起跑線。

從那之後，他不時在小說雜誌上發表短篇，偶爾有出版社爲他的長篇小說出版單行本，他便以此維持生計。

然而日子並不好過。

短篇小說的稿費寥寥無幾，長篇小說即使出了單行本，像他這種沒沒無名的作家，一刷才幾千本，版稅多少也可想而知。當然，他的單行本至今一次也沒再版過。

提供他機會的是金潮社，而遠藤一直擔任他的責任編輯。遠藤說服總編讓沒有亮眼成績的松井在《小說金潮》連載小說，給了他一份大工作。新上任的總編似乎想進用新人做些新嘗試，可是在遠藤提起前，總編肯定壓根兒沒考慮過松井清史。因此松井不想搞砸這個機會，他不能辜負遠藤的期望，也不想讓推薦自己的遠藤蒙羞。更重要的是，他想成功完成這份工作，晉身知名作家。

《死者衣裝》是一部以連續殺人爲題材的推理小說。諸如護士、百貨公司小姐、首席女舞者等，穿著特殊服裝的女性一一遭到殺害。主角的身分是名報社記者，同時也是第一個死者的男朋友。故事主線描寫男主角循著和警方完全不同的管道，逐漸接近事實的眞相，繼而與眞兇鬥智的經過。

松井重讀至今寫完的章節。果然如遠藤所說，他自己也覺得故事的鋪陳有點單調，換句話說就是無趣。他好似發現新大陸，原來如此，所以不暢銷啊……

這時玄關的門鈴響起。他側著頭思索，既沒有預定送達的宅配，也不記得有人要來募款。

打開門一看，他面前站著兩名男子。一個略瘦，一個略胖，兩人都身穿灰色西裝。

「呃……」胖子又看了一眼門旁的名牌才開口，「請問松井老師……」

「我就是。」

「喔喔。」胖子和瘦子互換一眼，又將目光拉回松井身上，從頭到腳仔細打量他，「你是作家松井老師嗎？」

「是啊，有什麼事？」

「事情是這樣的，我們想請您協助警方辦案。」對方拿出警察手冊。

松井嚇得瞪大雙眼，「發生了什麼事？」

「可以打擾一下嗎？」胖刑警指著屋內。

「噢，請進。」

松井讓兩名刑警進屋，兩人拘謹地並肩而坐。胖刑警姓元木，瘦刑警姓清水。

「我就開門見山地說了，老師目前在寫《死者衣裝》這部連載小說吧？」元木刑警問道。

「嗯，沒錯。」

「第一回中描寫了護士遇害的場景？」

「是的。」

「你知道松戶發生了一起完全相同的命案嗎？」

「噢。」松井開口道，「剛才聽責任編輯提到，嚇了一跳。」

「其實……」話講到一半，元木的視線飄向屋子角落，將手伸向放在那邊的《小說金潮》本月號。「其實發生了第二起命案，今天上午剛發現屍體。」

「第二……」

「死者是大宮的萬福百貨公司電梯小姐，後頸插著一把尖錐，法醫研判是當場死亡。」

「咦！」松井驚訝地說不出話。

「這你當然知道吧？」元木刑警拿起《小說金潮》，「也就是說，現實生活中發生了與你刊載在昨天剛發售的雜誌裡的小說，情節一模一樣的命案。」

3

「是喔，居然有這麼匪夷所思的事情。」遠藤啜飲著咖啡。

「嗯，不過我認為是巧合。」松井將冰淇淋送至嘴裡。

兩人在金潮社旁的咖啡店，松井來通知遠藤刑警到訪的事。

「可是還眞虧警察能發現到命案與你小說的相似性，他們會不會是《小說金潮》的忠實讀者啊？」

「聽說是一般民眾打電話通報警方的，但報案者並未具名。」

「是喔。那刑警問了你什麼？」

「沒什麼大不了，都是像小說發表之後有沒有人對我講過什麼話、身邊有沒有什麼事物發生改變，及對這一連串命案心裡有沒有個底之類的。」

「沒有吧？」

「當然沒有啊。」松井立即否定，「不是我自傲，出道後我從未收過書迷來信或惡作劇信件，好像不管我發表哪種小說都不會有人在意。」

別這樣說嘛。遠藤笑著安慰松井後，一臉嚴肅地抱著胳臂。

「可是我們能不能設法利用這個狀況呢？」

「利用？」

聽松井這麼問，遠藤蹙眉，「你很遲鈍耶。」

「陸續有人如同小說情節遇害了，你不覺得有趣嗎？」遠藤繼續道。

「話是沒錯啦。」

「兇手說不定是讀了你的小說才決定下一個目標，這麼一來，你的小說等於是現實命案的預告。若大肆宣傳這件事，肯定能成爲街談巷議的話題，松井清史這個名字將大受矚目，書也會跟著暢銷。」

「情況會那麼順利嗎？」

「會啦，請相信身爲編輯的我。好，我馬上去找認識的報社記者，他一定會感興趣的。他大概會到你家採訪，你最好先有心理準備。」遠藤愈說愈亢奮。

然而，遠藤的記者朋友卻不像他那麼興奮，過了好幾天，報社連一通電話也沒打到松井家，其餘大眾媒體也無聲無息。

「他似乎不太想理我。」遠藤來到松井家，苦著臉說，「我一問之下才知道，一旦發生了稍微引起民眾注意的命案，就會出現不少自稱超能力者、預言家或占卜師的人，聲稱命案與自己預言的一樣。看來你被對方當成那一類的人了。」
「我是作家耶！」松井說，「我不是自稱作家，而是眞的作家！」
「我說了，可是對方不太搭理我，他一口咬定你只是在沽名釣譽。」
松井想著自己確實有此打算，便沉默下來。
遠藤突然嘟囔了一句，「會不會再發生呢……」
「咦？」
「不，沒什麼，就是啊……」雖然不必擔心旁人聽到，遠藤還是手掩嘴角，壓低話聲，「我在想會不會再發生一起命案呢？按照你的小說內容……」
「啊，那未免有點……」
「這麼講是很不厚道。」遠藤咧嘴一笑，「可是如果再發生一起那樣的事，情況就會一百八十度大轉變。」
「噢。」
松井一語不發地搔搔頭，心想那怎麼可能。
但兩週後……
松井吃著土司與牛奶的簡單早餐邊看報紙，打開社會版時他差點把口中的牛奶噴出來。
「首席女舞者遇刺」的標題躍進他眼中。
「二十一日上午八點左右，東京都世田谷區鏡芭蕾舞團的行政人員以電話報警，『一名舞者死了！』經警視廳成城警署的員警調查後得知，同屬該芭蕾舞團，二十六歲的原口由加利胸口出血倒在練舞室地上。死者身穿舞台表演的服裝，胸前插著一把登山刀。」

松井放下報紙，暗想這眞是太誇張了。他看著一旁前天剛發售的最新一期《小說金潮》。這太扯了。當他低聲嘟囔時，電話鈴聲響起。一拿起聽筒，遠藤的話聲便衝進他耳裡，「你看報紙了沒？」

「看了。」松井說，「我大吃一驚。」

「兇手又動手了，這下大眾媒體也不得不關注你的小說了吧，你接下來會很忙喔！」

「可是事情爲什麼會變成這樣？有人依照我的小說情節遭到殺害，感覺頗不是滋味的。」

松井這麼一回應，便聽到電話那頭的遠藤嘖了一聲。

「爲這種事情煩惱也不會有任何益處，總之你現在只要思考如何善用這個機會就好。我之前提過的那個記者朋友剛才跟我聯絡了，說是務必要聽聽你的意見，我等會兒再打給你，你先準備好，知道了嗎？」

「喔。」松井含糊地回答，遠藤急忙掛上電話。

雖說要準備，但該做什麼好？松井如此想著的時候，玄關的門鈴響起。

元木和清水兩名刑警站在門外。兩人的模樣和前幾天略有不同，眼睛充滿血絲。

「你曉得發生在世田谷芭蕾舞團的命案嗎？」元木半帶著怒氣問道。

「我在報上看到了。」

「那你也知道我們爲什麼會來了吧？能否讓我們問幾個問題？」

「好，請進。」

松井讓兩名刑警進屋。刑警一坐下便取出記事本。

「首先要請教你爲什麼要殺護士、電梯小姐與首席女舞者，當然，這是指您的小說內容。」元木說。

「問我爲什麼，我也不知該怎麼解釋。我想在小說中描寫以身穿各種特殊服裝的女性爲攻擊目標的兇手，而護士與電梯小姐遭到殺害的話應該會很有趣……」

「有趣？」清水刑警翻了個白眼，「單是有趣就可以殺人嗎？那死者家屬的悲痛究竟算什麼！」

「清水兄、清水兄。」元木拍拍清水刑警的膝蓋，「我們只是在談小說的內容。」

「啊，眞對不起。」清水摸著頭道歉。看來他的性格相當冒失。

元木向松井問道，「一般連載小說是事先設定好劇情的嗎？換句話說，你是不是一開始就決定護士與電梯小姐爲被害者？」

「我想這應該因作家而異。這是我第一次寫連載小說，所以先做了一定程度的設定後才動筆。護士、電梯小姐與首席女舞者遭到殺害是連載前就決定的，預告篇中也提過一點。」

「下回呢？你決定讓什麼樣的女性遇害了嗎？」

「這我接下來才要想，我差不多該動筆寫下次的連載了。」

「嗯……」元木刑警雙臂交抱，「老實說，其實我們稍稍調查過，發現你並不是什麼名作家，或者該說你的名字沒列在高額納稅者的名單中……」

「講話不必拐彎抹角，我很清楚自己是個滯銷作家。」

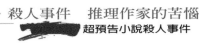

「嗯，反正就是這樣，我們想不通爲什麼被害者會依你的小說情節遭到殺害。具體來說，我們不懂兇手的心思。兇手如果希望罪行受世人注目，應該模仿更有名的作家的作品吧。」

「我也這麼覺得。」

「總而言之，我們認爲兇手可能是對你作品懷有特殊感情的人，好比瘋狂書迷之類的。如何，有沒有想到符合的人？」

「完全想不到。」松井答道，「我甚至懷疑自己可能沒半個稱得上書迷的讀者。」

「這眞是太奇怪了，完全摸不透兇手的目的。」

「是啊。」

元木刑警鬆開交抱在胸前的胳臂，拿起記事本，重新盯著松井。他以「這樣的事經常發生，沒什麼好稀奇」般地輕鬆口吻說：

「形式上還是要請教一下你的不在場證明。呃……就從護士遇害的那天問起吧……」

刑警離開後，松井胸口那陣不愉快久久無法散去。爲什麼我得接受不在場證明的訊問呢？難道人是我殺的嗎？眞是莫名其妙！

當他站起身想喝杯咖啡轉換心情時，門鈴再度響起，接著傳來敲門聲與女人的呼喚聲，「松井老師，您在家嗎？松井老師、松井老師。」

松井連忙開門。門打開的同時，閃光燈劈劈啪啪地閃個不停。

「哇，這是幹什麼？」松井下意識地以手遮住臉。

「您是松井老師吧？」耳邊傳來女人的問話聲。

松井睜開眼睛，看見正前方站著一名身穿套裝手持麥克風的女性。除了她之外還有大批人馬湧來，其中幾個人拿著攝影機。

「請問您對這次的命案有沒有什麼頭緒？有女性按老師的小說情節喪命了。」

「不，我完全搞不清楚是怎麼回事……」

「您認爲犯人的目的是什麼？」

「我不知道。嗯，呃，我只覺得很驚訝。」

旁邊一名男記者又問，「您在小說中爲什麼淨安排身穿特殊服裝的女性遇害呢？」

「咦？呃，這個嘛……」

「那是您的嗜好嗎？」

「不，沒那回事。」

「下次會是什麼樣的女性遇害？」另外一名記者接著問道。

松井結巴了起來，記者接二連三地發問。

「下次是空姐嗎？」

「還是女高中生呢？嘻嘻。」

「或者是ＳＭ女王？」

眾人七嘴八舌的聲音湧入，松井的腦袋頓時一片空白。他想，這一定是在做夢。

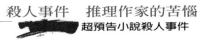

4

門砰地打開，遠藤走進來。

「老師，松井大師！辦到了，終於辦到了。哇哈哈哈哈！」

他提著一瓶一公升的酒，咚地一聲重重擱在榻榻米上，自己也順勢盤腿坐下。

「怎麼了嗎？」

「沒什麼，只不過是《小說金潮》大賣，也決定將你之前那幾部單行本再版了。」

「咦，再版？」松井不自覺地挺直背脊，「眞的嗎？」

「當然，你辦到了！先來乾杯慶祝吧。」

「啊，好、好的。」松井起身到流理台洗杯子。

再版，多麼悅耳動聽啊！這是至今與他無緣的詞，他甚至以爲一輩子都沒辦法沾上邊。

「那個……」松井停下洗杯子的動作回過頭，他想起還沒問最重要的事，「你說再版，到底是多少本？」

「多少本啊……」遠藤笑得很奸詐，「各再版兩萬本。」

「兩萬……」

「你至今出了三部作品，所以總計再版六萬本。」

松井聽了差點腿軟，這個數字簡直令人難以置信。

「喂喂，可別爲這點小數字就感動啊。如今雖然市況不好、出版業不景氣，但動輒便能賣出十萬本的暢銷作家還是大有人在，我們得預設更高遠的目標。」
「可是我的書不曾賣得這麼好……」
「你在說什麼啊，這只不過是個開始。算了，你的心情我懂，總之先舉杯慶祝吧。」遠藤打開瓶蓋。
松井遞出剛洗好的杯子，遠藤以雙手斟酒，溢出的酒水弄濕了松井的手。
「問題是接下來該怎麼辦。」酒過三巡後，遠藤說，「照這樣下去，下個月的《小說金潮》肯定會成爲眾人關注的焦點，讀者想必會搶著讀你的小說吧，畢竟小說將預測出接下來遇害的女性。」
「兇手下次也會按小說情節殺人嗎？」
「這我不知道。」遠藤壓低音量，「我們只能祈禱，兇手永遠不會落網，一次又一次地照你的小說內容犯案。」他發出令人不快的奸笑聲。
遠藤回去之後，松井還是如處夢中，難以相信眼前的情況。
自從電視新聞與報紙報導出他的小說與連續殺人事件之間的相似性，世界便彷彿爲之一變，松井清史這個名字突然具有高知名度，他的著作也開始受人矚目。前些日子他每天都被記者追著跑，連電視都上過兩次了，直到昨天才好不容易平靜許多。
松井將報紙拿到眼前。他還眞沒料到會有這種事情，不過換個角度來看，或許想太多也不好，就像遠藤說的，或許自己該好好思考如何善用這個機會。

松井坐到文書處理機前，打開電源。雖然有點醉醺醺的，但下回連載差不多該動筆了，這次要讓身穿何種服裝的女性遇害呢？這個選擇突然具有重大意義，因爲他寫下的內容將會成爲現實。遠藤說盡量選擇穿著花稍的女性，比較能引起讀者的興趣。他喝醉時還口齒不清地建議，像京都的舞伎就不錯。

松井敲下第一個按鍵時，電話響起。大概又是採訪吧，他這麼想著拿起話筒，耳邊傳來的話聲卻完全不像那麼回事。

「松井清史先生吧？」是男人的嗓音，對方似乎不是松井認識的人。

「我是。」松井回答。

「我是兇手。」說完，男人噗哧地笑了。

「兇手？」

「連續殺害穿著各種服裝的女性，也是依你小說內容一再犯案的兇手。」

「怎麼可能……，別開玩笑了！」

「那些人眞的是我殺的，你托我的福而聲名大噪，感覺不錯吧？」

「我沒閒功夫理你這樣的惡作劇電話。」

「這不是惡作劇，我一開始就打電話通知警方命案與小說的相似性了。」

松井沉默不語。男人提的這件事媒體應該沒報導出來。

男人再度低笑，「看來你相信了。」

「爲……爲什麼要做那樣的事？自首……去自首吧！」

「假如我去自首，你的美夢也會跟著破滅。世人喜新厭舊又健忘，你要再次回到滯銷作家的身分嗎？」

松井被男人看穿心事，頓時啞口無言。

男人再度發出不懷好意的笑聲，「我打給你不爲別的，就是想和你做個交易。」

「交易？」

「我希望你在這次的小說中，設計以勒斃的方式殺掉啦啦隊女孩。讓她在自己的房間內穿著啦啦隊制服遭到殺害。」

「等一下！爲什麼我得聽你的話？」

「你聽完嘛。倘若照這樣寫，這次我也會以相同手法殺害啦啦隊女孩，如此大眾不免又一陣騷動，你的小說與名字一定會大受矚目。怎樣，這個主意不錯吧？在這之前我一直依你的小說情節選擇下手對象，這次換你按我預設的目標寫作了。」

「別開玩笑了，我怎能做那種事！」

「哦，是嗎？這麼一來，下次發生的命案便會和你的小說內容完全無關，換句話說，先前不過是單純的巧合罷了。你想過之後情況會變成什麼樣子嗎？至今蜂擁而至的電視台記者會不會突然對你失去興趣？」

松井無法反駁。男人說的大概……沒錯……

「你慢慢考慮吧，反正現實世界裡下一個喪命的將是啦啦隊女孩，別忘了！」男人丟下這些話便掛上電話。

5

《小說金潮》在每個月的二十日發行。刊載〈死者衣裝　第四回〉的《小說金潮》販售當天早上，好幾家書店前都罕見地大排長龍。這樣的熱潮以往只有當紅偶像出裸體寫眞集時才會出現，各家書店的店員也感到錯愕。

購買《小說金潮》的人當然是最先翻開刊登《死者衣裝》的那頁，這次什麼樣的女性會遇害是他們最關心的事。

小說中描寫一名啦啦隊女孩在自己公寓房裡穿著制服慘遭勒斃。知道這點後，許多女性都鬆了口氣，這個月暫且不必擔心會被兇手盯上了。當然也有部分女性大爲驚恐，不用說，她們都是啦啦隊女孩。

「許多大學和高中紛紛來電抱怨，參加啦啦隊的女孩都害怕得退出了。我當然不吃那一套，畢竟兇手模仿小說情節犯案並不是我們的責任。不過這次引起如此廣大的迴響，大家都在談論，小說雜誌有幾十年不曾這麼暢銷了。」電話中遠藤的話聲顯得十分亢奮，他最後又說，「接下來就等什麼時候會發生眞實命案了。聽說警方在各大學和高中的啦啦隊社團教室站崗，就看兇手能否鑽出警方布下的天羅地網。」遠藤顯然站在犯人那一邊。

《小說金潮》發售後的第四天，遠藤的願望實現了。杉並區的一間公寓套房裡，一名身穿啦啦隊制服的女大學生在床上遭到勒斃，死法和小說描述的一模一樣。

和上個月相同的事情再度上演，刑警跑到松井家追根究柢地盤問案情，接著是媒體記者蜂擁而至，不同的是人數倍增。

松井清史這個名字傳遍大街小巷，書也不斷熱賣，各單行本的銷售量都突破了十萬本。他的稿費三級跳，工作邀約滾滾而來，電視台通告也接二連三地上門。

就在他享受名利雙收的滋味時，那男人又打電話來了。

「照我說的做果然正確吧？如今你是名符其實的暢銷作家了，恭喜。」男人語帶嘲諷，「不多廢話，我是來通知你下一個目標的。」

「這件事到此結束吧？」松井說。

「喂喂，你打算占盡好處便拍拍屁股走人嗎？那未免太自私了吧？」

「你這樣也很危險吧，遲早會被逮捕的！」

「所以我才和你交易以避開警方呀。不好意思，還有一堆女人非懲罰不可。那些有幾分姿色就跩起來、傷害別人也毫不在意的蠢女人！」

聽男人如此說，松井頓時明白他犯案的原因。看來是被害者甩了這男人，而且還是相當無情的拋棄法。若以一般手法殺害對方，警察恐怕會發覺那些受害者甩了同一個男人的共通點，於是他依小說的劇情，偽裝成精神異常者下手，以免除自己的嫌疑。他大概是看了小說的預告篇才想到要這麼做。

男人說，「下一個死者是公司的櫃檯小姐。她失蹤後，屍體將在山裡被發現，當然，上頭穿著櫃檯小姐的制服。這次也用勒斃吧，讓她脖子上纏著愛瑪仕領巾如何？」

「各界開始對我施加壓力了，像是要我暫停這篇連載小說或要我至少別描寫殺人場景，我也不知道接下來還能不能自由寫作。」
「哦，你們一天到晚掛在嘴上的『言論自由』跑哪兒去啦？」
「話不能這麼講……」
「總之你照我說的寫！如果你不依從，我便告訴世人你和我聯手合作過。那就這樣了。」男人片面掛斷了電話。
松井拿著話筒，感覺已走投無路。
各界施壓要他別寫小說的確是事實。至今金潮社還沒有對他提出自我約束的要求，但照目前情況看來，不久後便會那麼做了。此外，包括航空公司和模特兒公司在內，各個業界似乎都寄了請願書給金潮社，強烈要求別讓與他們工作相關的職業女性成爲小說中的受害者。
然而，松井無法違逆男人的指示。要是和男人的交易被揭穿，不僅好不容易到手的地位會就此飛了，作家生涯想必也將斷送。

三天後，刑警又登門造訪。
「你想好接下來的劇情了嗎？」元木刑警問。
「不，我之後才要想。」
「既然這樣，能不能聽聽我們的請求？」
「倘若要我停止連載或不要寫出殺人場景，礙難從命。」
松井話一出口，刑警的臉便垮了下來。

「有人因自己寫的小說情節遇害，你心裡應該也不舒坦吧？只有這次就好，請千萬別寫出殺人場景。」

「你所說的正是言論控制，我難以聽從。」

「無論如何都不行嗎？」

「恕我拒絕。」

「眞拿你沒辦法。」元木嘆了口氣，「好吧，至少告訴我們，你筆下的兇手這次打算殺害何種職業的女性。要是能知道這點，警方事前防範也容易得多。」

刑警的問題令松井不知所措。如果他說出眞話，兇手可能便難以下手，一個弄不好還會遭警方逮捕。

「……是空中小姐。」考慮良久後他回答。

「原來如此，提到特殊服裝，空中小姐確實不可或缺。」刑警毫無疑慮地離去。

下個月二十號，《小說金潮》一如往常地發售。當然，〈死者衣裝　第五回〉中遇害的不是空中小姐，而是一名任職於大公司的櫃檯小姐，她的屍體在山裡被人發現。

如同小說情節般，《小說金潮》發售五天後，秩父山裡發現了某公司櫃檯小姐的屍體。死者脖子上纏著愛瑪仕領巾，連凶器也和小說描述的一樣。

6

「社會對此盯得愈來愈緊了，這下出版社方面也不得不做出這樣的決定。雖然出版社應該不願意這麼做，我也覺得很遺憾，但還是請你放棄吧。」遠藤皺眉道。

松井想著該來的終究來了，金潮社終於要求他別再寫殺人場景。

「這是屈服於權力的意思嗎？」松井說道。

「頂多算自我約束吧。你的名氣已非常響亮，單行本又大為暢銷，《小說金潮》也分了一杯羹，差不多該收手了。」

「要寫完《死者衣裝》還得出現命案才行。」

「設法解決這一點才稱得上職業作家吧。警方希望下次原稿寫好後先讓他們看過，無視警方的權威並非上策。你上個月不是告訴刑警，遇害的將是空中小姐嗎？警方似乎以空中小姐為重心設置了大規模守備，但雜誌一發售卻變成櫃檯小姐。警方發了不少牢騷，抗議調查因此完全慢了一步。」

「我突然改變想法，才從空中小姐換成櫃檯小姐。」

「過去的事就算了。總之這次不能有殺人情節，聽到沒？」遠藤說完就回去了。

松井大傷腦筋，因為兇手不可能饒過他。

當天夜裡，兇手來電指示松井在這次的小說中殺害觀光巴士的導遊小姐。

「讓犯人將她推下斷崖，摔得頭破血流而死。你要盡可能描寫得殘酷一點！」兇手顯然樂在其中。

松井手持話筒呻吟。如果無視這項指示，兇手就會告知社會大眾眞相，可是出版社不准他寫出殺人情節。

這時松井腦中浮現一個想法，便問道，「你打算在什麼地方動手？」

「你問這要做什麼？」

「我想將小說中的犯案現場設定爲完全無關的遙遠地方。警方看過原稿後會在二十日之前展開埋伏，我不希望你被逮捕啊。」

「原來如此。好，告訴你，我打算殺害導遊小姐的地方是……」犯人說出一個地名，那是福井縣的著名觀光景點。

松井當天晚上開始寫小說，內容並未出現殺人情節。

7

十九日，在《小說金潮》發售的前一天，松井抵達了福井縣。當然，他沒告訴任何人這件事。

天黑之後，他來到犯人計畫動手殺人的懸崖。稜角崢嶸的岩壁突出於日本海海面，數十公尺下方傳來海浪拍打岩石的聲響。松井走沒幾步就佇足等待。

過了一會兒，出現一道人影，那是一名穿著觀光巴士導遊小姐衣裝的年輕女子。松井點點頭，情況果然如他所想，兇手打算搶先警方一步，在《小說金潮》發售的前一天動手殺人。

導遊小姐看見松井，神情有些意外。
「是你找我到這裡的嗎？」
看來是兇手找她來的。
「妳不能待在這裡。」松井說，「馬上回去！」
「咦？可是……」
「不想死就快回去！」
或許是震懾於松井的口氣，導遊小姐慌張地離開。松井看著她安然遠離，鬆了口氣。
暫且突破了第一個難關。
接下來就等兇手來了。倘若兇手到這兒……
松井帶著幾分怯懦俯視崖下。兇手出現的話，松井非設法將他從這裡推落不可。
沒錯，要讓兇手看起來像自殺而死。
他回想自己剛寫好的小說內容。事實上，這次連載是《死者衣裝》完結篇，小說中的兇手將跳崖自殺。
現實世界中的兇手一再依循小說情節犯案，但完結篇裡兇手自殺了，所以現實世界中的兇手也模仿小說自殺——如果他今天能順利將兇手自此處推下，警方一定會這麼想吧。
松井面向大海，咧嘴一笑。他暗暗得意，自己怎麼那麼聰明呢。
就在這個時候，他發覺背後似乎有些動靜。
「你好大的膽子，居然敢背叛我。」

聽見那耳熟嗓音的同時，松井遭人從背後推了一把。

「眞令人吃驚，我做夢也想不到他就是兇手。不過仔細思考，這也是有可能的事，因爲他拚命地想提高自己的知名度。」遠藤一屁股坐在編輯部的辦公桌上，對後進編輯說。

「他以爲依照自己的小說內容發生命案便能出名吧？」女編輯問道。

「嗯，就是這麼回事。想到這裡，我覺得自己也有一點責任，說不定是因爲我叫他無論如何都要寫些能成爲話題的東西，對他造成太大的壓力。」

「但沒料到他會在小說中預告兇手將自殺。」

「對啊。收到完結篇原稿時，我完全沒想到那竟是他的遺書。」

06

超長篇小說殺人事件

1

《砂之焦點》尾聲

「上述是我的推理。」

和賀以低沉的嗓音作結，再度注視著佐分利夫人。

夫人依舊低著頭，沉默的氣氛籠罩著兩人。

過了許久，她開口道，「你真是清楚，這一切……果然只有你……」

「我……怎麼了？」

「我認為只有和賀先生能夠看透真相，我的直覺果然沒錯。」

「佐分利夫人。」和賀向她走近一步，「請自首吧。」

「對不起，我辦不到。」女人說著緩緩向後退，差沒幾步就是懸崖邊緣了。

「佐分利夫人……英子！」

聽到和賀的呼喚，佐分利英子神情平靜地淺淺一笑。

「你第一次……直呼我的名字呢。」

和賀想再向前一步，但為時已晚。佐分利英子唇邊帶著微笑，身體輕飄飄地投向空中。

「英子！」

和賀吶喊著衝向她剛才所站的位置。他想馬上探看崖下，身體卻動彈不得。即使如此，他還是遲疑著往下望去。

佐分利英子雙手攤開，倒在懸崖下方數十公尺的岩石上，渾身是血，宛如撒落一地的鮮紅花瓣。

（全文完）

葛原萬太郎看著電腦螢幕頻頻點頭，自覺這故事寫得眞好。隔了三年才創作出的新小說，他相當滿意成果。

他昨天已將這份原稿以電子郵件寄給編輯部，責任編輯小木應該看完了才對。

當他想點根菸時，電話鈴聲響起。

「喂，我是葛原。」

「葛原大師，我是金潮社的小木。收到《砂之焦點》的原稿了，非常感謝。」

「噢，順利收到就好。你讀了嗎？」

「我讀了。劇情發展和以往一樣精采，眞是令人欽佩啊。其實我原想分成昨天與今天讀的，可是內容實在太吸引人，昨晚忍不住就熬夜讀完了。」

「這樣啊？眞是謝謝啦。」

小木是個擅長甜言蜜語的男人。雖然認爲那些都只是客套話，但被誇讚的感覺還是挺不錯的，葛原在電腦前沾沾自喜。

「最後一幕特別動人，哎呀，眞是哀切的故事啊。」

小木讚賞連連，葛原則謙虛地應對。

「你喜歡眞是太好了，接下來就等校對、排版等後續處理嘍。不曉得你們預定的出版計畫如何？」葛原心情愉悅地問道。

不料情勢突變。

「那個……其實我今天打來就是爲了這件事。」小木的語氣低沉下來。

「怎麼了？有什麼問題嗎？」

「不，也不算什麼問題。我們總編輯非常喜歡《砂之焦點》，只不過，呃，對於篇幅有一點建議……」

「篇幅？」

「是的。事情是這樣的，我們這邊估了一下，《砂之焦點》若以四百字稿紙計算，大概是八百多張。」

「嗯，差不多吧。」

「這個嘛，呃，編輯部討論的結果是希望您在篇幅上想想辦法……」

「想想辦法？要減少篇幅嗎？八百張或許多了點，不過這部小說得這個量才行……」

「不，不是的。」小木打斷葛原的話，「您誤會了，我的意思不是太多，正好相反。我們想和您商量，能否增加一些篇幅。」

「增加？爲什麼？」

「大師，我們計畫將這部《砂之焦點》捧爲今年的熱門巨作，藉此讓葛原大師的地位更上層樓。」

小木的語調異常熱切，葛原很清楚他試圖表達什麼。自葛原躋身文壇以來，這十年間幾乎都是爲金潮社寫稿。金潮社大概認爲他總有一天會成爲暢銷作家，至今也全面支持他。但事與願違，葛原的作品一直賣得不太好，即使出了書，偶爾少量再版就算成績不錯了，而大部分的作品都沒再版。這次葛原本身做好了心理準備，相隔多年才寫出來的長篇小說《砂之焦點》也將會是同樣下場。

然而，書受不受歡迎與篇幅有什麼關係？葛原一問，小木便斬釘截鐵地回道：

「關係可大了。大師曉得最近書市的趨勢嗎？每本熱門書都像便當盒那麼厚。原稿一千張的書多得是，八百張左右的書擺在其中一點都不起眼，無法給人超級巨作的感覺。以目前推理小說龐大的出版量來說，我們必須不擇手段地吸引讀者的目光。書評家也是，他們不可能看完全部的出版品，而是優先閱讀似乎花費較多心血的創作，這麼一來，先選擇厚重的書也是理所當然的吧。」

葛原多少察覺了小木說的情況，他知道像新人獎規定的篇幅便增加不少。

「話雖如此，但辦不到就是辦不到啊。《砂之焦點》在那一幕畫下句點是最好的，不可能再寫下去。」

「不，我們並不是要您續寫在結局之後，而是建議您增加篇幅。」

「我不太懂你的意思。具體而言，你們希望我怎麼做？」

「具體而言嘛。」小木的音量壓得更低，「故事內容維持現在這樣就好，沒必要更動。但是呢，您只要將目前寫了兩行的描述延長為三行，三行的形容改寫成四行，依這種模式一點一點地增加就行了。這麼一來，聚沙成塔、積少成多，整體篇幅便會增加不少。」

總之是要葛原平均地灌水就對了。

「這樣寫小說步調會不會過於緩慢呢？」

「您放心，最近的讀者都習慣冗長的小說，即使內容有些拖泥帶水，他們也會耐著性子看下去。比起這個，讀者更在意售價與作品分量，同樣花兩千圓買書，當然會認為買厚一點的作品比較划算。」

「是喔，原來如此。」小木這麼一講，葛原漸漸被說動，起了試試也好的念頭。「那麼，你們覺得到底該增加多少篇幅？一千張嗎？」

「這怎麼夠！」小木高聲叫道。

「以最近的情況來說，一千張稿紙根本不能算是大長篇。大師，希望您以兩千張稿紙為目標。葛原萬太郎，兩千張稿紙的超強力作——就以這句話當文案的大標題吧！」

2

《砂之焦點》尾聲（改稿後）

「上述是我的推理。」

和賀以低沉又宏亮的嗓音作結。自學生時代參加辯論比賽後，他就不曾一次說這麼長的一段話。不過，現在他感覺疲累更勝當年。那不只是身體上的疲勞，而是心理上深沉的疲乏無力。

他再度注視著佐分利夫人。

身穿高雅捻線綢製和服的夫人依舊低著頭，和賀看見她的長睫毛上閃過幾許淚光。沉默的氣氛凝重地籠罩兩人。風聲和日本海的波浪聲不斷擾亂他的心。他暗想，如果就這樣直到世界末日該有多好。

不知過了多久，實際上應該並未流逝多少時間，然而，和賀卻覺得那是一段漫長的時光。終於，夫人優雅地微微張開塗了口紅的雙唇。

「沒想到你能夠那麼徹底地看穿我的殺人計畫，你果然就是那個與我命運息息相關的人。」

「與夫人命運息息相關的人？我嗎？這是什麼意思，請告訴我。」

「我認為只有和賀先生能看透真相。初次見面時，我就有這種感覺了。啊，這個人一定就是與我命運息息相關的人。看來我的直覺果然沒錯。」

「佐分利夫人。」和賀向她走近一步，「現在還不嫌遲，妳的人生仍能從頭來過。請妳……自首吧。」

「謝謝你，和賀先生。事到如今，你還在為我著想嗎？但對不起，我辦不到。我不可能自首，請原諒。」

她說完便緩緩向後退，差沒幾步就是懸崖邊緣。下方波濤洶湧的日本海彷彿等待獵物的野獸般，張開大口等待著失足墜崖者。情況相當明顯，她想主動成為那頭野獸的食物。

「等一下！不可以做傻事，妳那麼做又有什麼用？別做傻事，佐分利夫人……英子！」

和賀像要撕裂狂風地拚命叫喊著。聽到和賀的呼喚，佐分利英子神情平靜，宛如達文西筆下的蒙娜麗莎般淺淺一笑。

「我好高興，你第一次……直呼我的名字呢。我一直在等待這一天，這下我此生沒有遺憾了。」

和賀想再向前一步，只不過很不幸地，一切為時已晚。佐分利英子唇邊帶著那抹微笑，如太空人挑戰宇宙游泳般，或者說像高空彈跳一樣，身體輕飄飄地投向空中。

「英子！」

和賀吼道。他聲嘶力竭地吶喊，但他的叫聲也無奈地消逝在風中，前方已不見佐分利英子的身影。他衝向幾秒鐘前她所在的位置。

不曉得她是否還活著，他想立刻探看崖下，身體卻不聽使喚。從這麼高的地方掉落存活機率渺茫，他害怕確認她的模樣，才會動彈不得。然而，他不可能永遠逃避現實，總有一天必須面對。於是他下定決心，膽顫心驚地往下望去。

佐分利英子雙手攤開倒在懸崖下方數十公尺的岩石上，身體呈一個「大」字，令和賀想起京都的大文字燒。只不過眼前的大字染滿鮮血，似乎是大量出血。和賀心想，沒救了，她大概是當場死亡吧。

她那渾身是血的身影，宛如灑落一地的鮮紅花瓣。

（全文完）

葛原在咖啡店裡看完《砂之焦點》，闔上書本，啜飲一口稍微變涼的咖啡。

他的心情不太好，或許該說是鬱悶。

他看了淡藍色封面一眼。黑色書腰上誠如小木所言，印著「葛原萬太郎兩千張稿紙的超強力作！」幾個大字。

這部小說換算成稿紙確實有兩千張的份量。算得精準點，是一千八百八十三張。原本小木還希望他能再設法多灌點水，但這已是葛原的極限。畢竟這部作品本來只有八百多張，也就是說光灌水的部分就占了一千張。葛原不禁佩服自己，居然寫得出這麼多字數。

重讀改寫過的作品，葛原心中產生兩種截然不同的感想。

首先他覺得還不錯，其實自己也做得到嘛。

至今他一直以為自己寫不出長篇小說的問題不在於能力，而是缺乏天分。他想到的點子和情節頂多只能寫成幾百張稿紙的作品，根本不可能變成一、兩千張的大作。所以他之前認為那些陸續發表超長篇巨作的作家，八成都是在不情願的情況下，將原本設計的宏大劇情縮減至一、兩千張稿紙的篇幅。

如今葛原可不那麼想了。當然，其中應該多少也有一些確實需要那麼大篇幅敘寫的作品，然而，故意將簡短內容寫得冗長瑣碎的大概也不在少數。如同小木所要求的，將一行的描述增爲兩行，整體頁數立刻變成兩倍。倘若厚重的書才像是嘔心瀝血的巨作，才容易吸引讀者的目光，會出現故意添加文章篇幅的作家也是理所當然的事。

不過，葛原重讀自己的書後，卻也感到灌水果然是不行的。

光最後一幕主角和賀追著眞兇佐分利英子的情節就增寫了兩張半稿紙。雖然內容幾乎沒變，篇幅卻多了一倍以上，這樣修改後的故事一讀之下給人拖拖拉拉的感覺。囉嗦地加入許多毫無意義的敘述與台詞，一篇小說的節奏再糟也不過如此。連他都想問問自己在寫什麼廢話，明明只要形容微笑居然連達文西也搬了出來。

而且，如果灌這麼多水銷售數字能變好也就罷了，現實卻……

當葛原陷入沉思時，小木出現在他眼前。

「不好意思，我遲到了。哎喲，這不是《砂之焦點》嗎？您看著自己的力作，感慨到出神了？」

「別說笑啦，我在後悔要是沒做這種蠢事就好了。」

「咦，爲什麼呢？」小木意外地瞪大了鏡片後的雙眼。

「這樣的內容不管怎麼讀都像在拖戲，內容相較於篇幅顯得太薄弱了。」

「那就錯了。對讀者而言，內容充實或薄弱一點都不重要，重要的是篇幅，只要寫了字的紙有很多頁就行了！」

「儘管你這麼說，但這本書根本乏人問津，不是嗎？枉費我加寫了一千張……」

「那是您誤會了。」小木的語氣十分強硬，「我認爲，要是您沒加寫，這本書會賣得更差。」

「是嗎？」

「好吧。」小木站起身，「既然您如此懷疑，我就讓您看看證據吧。請跟我來。」

小木帶葛原到東京都內一家數一數二的大型書店。據說要是能擠進這家書店的暢銷排行榜前十名，全日本的總銷售量肯定超過十萬本。

「請看這兒。」小木指著新書區，那裡擺了一整排最近剛出的硬皮書。葛原的小說雖然放在不甚起眼的地方，總算還能置身其中。

「要我看什麼？」

「請仔細瞧瞧書腰部分。」

葛原依言將視線移向每本書的書腰，旋即低呼一聲。

「如何？您明白目前出版界是怎麼回事了吧？」小木得意到鼻翼一掀一掀地膨脹，鼻孔翕張。

葛原只得點頭附和。只見並排在新書區的書，書腰上的文案都這麼寫著：

「直指人性黑暗面的超強巨作　片村光　雷霆萬鈞的兩千三百張稿紙」

「駭人的驚悚懸疑小說誕生　道場秀一　一千五百張稿紙的全新力作」

「冒險小說的巔峰作品　兩千五百張稿紙　出船俊郎」

「這才是本格小說！　這才是推理小說！　驚天動地的大詭計！　高屋敷秀麿　兩千八百張稿紙」

其他還有很多書上都印了諸如此類的聳動文案，競相強調篇幅之巨，且至少都是一千張稿紙以上，超過兩千張的作品也不在少數。

「怎麼會這樣。」葛原低語，「沒有人寫五、六百張稿紙的作品了嗎？」

「不，倒也不是完全沒有，請看這邊。」小木往後面的書櫃走去，那是推理小說專櫃。「這一帶擺的就是那種篇幅的書。」

葛原看著他手指之處，那裡並排著比剛才看到的那些長篇小說還要薄上許多的書。不，雖說薄，但在以前這才是一般厚度。

「都放在這麼不起眼的地方啊？」

「那是當然，乏人問津的書放在顯眼的地方也沒意義。倒是葛原先生，請看看這邊。」小木指著插在書櫃角落的標示牌，那原本是將書籍依照作者分類用的牌子，如今那上面寫的不是人名，取而代之的是「~500」、「500~750」、「750~1000」等數字標示。

「這該不會是……」

「沒錯，現在書都依頁數分類了。不到一千頁的書，即使是新書也不會擺在書店的新書區。」

「天啊……」

「這下明白了吧？葛原大師您的《砂之焦點》要是照一開始的篇幅出版，絕對會賣得比現在更糟。」

3

葛原和小木一起回到剛才的咖啡店，兩人原本打算今天約在這裡討論下一部作品。

「哎呀，傷腦筋。我知道最近流行超長篇小說，沒想到竟然誇張到這種地步。」

「因爲最近出版市場很不景氣，作家無不使出渾身解數吸引消費者目光。再說，打出超長篇的形象也比較容易入圍文學獎。」

「是喔，原來如此。」葛原仍似懂非懂地拿出香菸應道，「我原以爲只要持續寫出好作品，總有一天能獲得讀者青睞。」

「葛原先生，事情沒那麼簡單。」小木一改之前恭敬的語氣，斬釘截鐵地說，「一部作品是好是壞，不看過是不會知道的。而要讓讀者產生興趣閱讀，非得是超長篇不可。一定要是一本厚重似磚頭的書！」

「是嗎？也是啦，至少剛才在書店裡看到的情形確實是那樣。」葛原悠哉地抽著香菸。

「葛原先生，您這麼不當回事可傷腦筋了。來研擬接下來的作戰策略吧！不能因爲寫出一本新書就放心，不馬上動筆寫下一部作品會來不及在明年出版喔。」

「眞性急耶，今年不是才剛開始？」葛原苦笑。

「您在說什麼？」小木拍了拍桌子，「現在思考接下來要寫的作品都嫌遲了。」

「接下來要寫的……什麼都還沒決定，不是嗎？」

「內容尚未決定，不過篇幅已經定好了。」
「咦？」
「您看過陳列在書店裡的書吧？即使是超過兩千張稿紙的書都不太能吸引顧客的目光了。這次我拜託葛原先生多寫一千張，但我在反省那樣還是太少了。下次要寫更多，三千張，這是底限。」
小木這麼一說，葛原差點從椅子上跌落。
「三千張？我絕對辦不到的。」
「怎麼會辦不到？聽好了，據傳年輕作家二月堂隼人正著手創作一部總數超過五千張的作品，一旦完成將是全世界最長的本格推理小說。另外，聽說女作家夏野桐子在寫合計八千張的四部曲。小說界的情況都發展成那樣了，才三千張就大驚小怪像什麼話！」
聽到又是五千張又是八千張的，葛原整個人都傻了，不久之前，這種篇幅的十分之一就是一本長篇小說了。
葛原由衷感到佩服，大家還眞能寫啊。
「話雖如此，要想出支撐三千張稿紙的劇情很累人的。」
「設法想出來才稱得上職業作家，不是嗎？」
葛原心想，眞要這麼說，我或許就不算職業作家了。
「那麼，我們必須從頭思考下一部作品。其實我已想到題材，今天原本要跟你商量。」
「哦，這樣啊，我洗耳恭聽。」

「現在看來，告訴你也沒用。那個題材無論怎麼想都不可能寫成超過三千張稿紙的長篇小說，大概五百張的篇幅最恰當吧。」

「這還不知道呢。總之，請先告訴我吧。」小木拿出記事本。

葛原有點猶豫，仍決定告訴他。儘管這次可能無法與金潮社合作，小木應該不會向旁人洩露他的點子。

「既然你都這麼說了，其實這回我打算寫棒球。」

「唷呵，棒球，baseball嗎?很好啊。」

「不是職業棒球，是高中棒球。開場先描述一支無名的弱小隊伍因天才投手和捕手好友合作無間，打進了甲子園，卻遇上強敵飲恨落敗。從甲子園回來後不久，捕手便慘遭殺害。負責調查的刑警在辦案過程中發現了天才投手不爲人知的祕密，接著卻換那名投手被人殺死。嗯，故事發展大致如此。」

「感覺很有趣，這題材好，就寫這個吧。」小木高聲應道。

葛原不知道他是否眞的仔細考慮過，「很高興你這麼說，只是這故事再如何改寫都不可能延長到那樣的篇幅。因爲登場人物少，命案發生的範圍也小，頂多五百張稿紙。」

然而小木卻用力搖頭。

「不可以這樣想。那是您認定只能寫五百張，才會在五百張的地方就結束。三千張！請懷抱目標三千張的心情動筆，《砂之焦點》不也在事後增加了一千張?」

「又要灌水?饒了我吧。《砂之焦點》增加一千張，從八百張變成一千八百張，內容稀釋成原本的二分之一。如果將原本只有五百張稿紙的作品寫成三千張，等於故事密度會鬆散爲原來的六分之一。讀者看到這樣的小說會高興嗎？劇情進展的節奏未免太慢了吧？」

「您完全不用擔心這種事。再說，您一直說灌水、灌水的，這不見得只有壞處吧？換個角度想，也可說將情節刻畫得更豐富生動了，不是嗎？」

「更豐富生動……」

葛原心想，是變得囉嗦冗長吧。

「還有，最近的超長篇小說有個共同點，就是也能夠當資訊小說閱讀。書中細膩地描述各個業界的內幕，單那些資訊便占了不少篇幅。」

不諳世事的葛原也感覺到了這樣的變化。

「或許吧，但要將這類資訊加進這次的作品中很困難，畢竟當中並未出現特殊的職業啊。」

「業界內幕只是比喻，即使以高中棒球爲題材，應該也具備資訊小說的元素。」

「是嗎？」葛原懷疑地側著頭。

「總之……」小木說，「請先寫點東西出來，我讀過之後再討論看看吧？」

「嗯，也好。」

儘管葛原認爲寫到三千張稿紙是絕對不可能的事，還是點頭答應了。

4

《曲球》

牟田高志站在甲子園的中心。

這天甲子園上空萬里無雲，天空像塗了藍油漆般，炎夏灼熱的陽光照射在紅褐泥土及綠草地上。

對站在投手丘上的高志來說，陽光如同看不見的敵人。他感覺皮膚火辣辣地發燙，地面反射的熱氣也是種折磨，令他全身汗流不止。即使高志對體力與耐力很有自信，精力仍幾乎消耗殆盡。他腦袋發暈，勉強地保持站姿。

看台上的觀眾也是敵人。那些人大都是為地主南陽高中加油的啦啦隊，肯定巴不得早早將他這來自鄉下無名高中棒球隊的當家投手除之後快。

而高志最大的敵人正站在打擊區。

九局下半，二出局滿壘。球數兩好三壞。

高志投出了決定命運的一球。

「咦？」小木讀到這裡抬起頭，「投出去了嗎？」

「嗯？什麼意思？」葛原問道。

爲了讓小木看看新作品的走向，葛原帶著寫好一百張稿紙左右的《曲球》來到金潮社編輯部。

「這一球是小說最重要的關鍵，對吧？這麼早出現不太好。才寫了一張稿紙而已，不拖長一點怎麼行呢。」

「話雖如此，我也沒辦法啊。」葛原搔搔頭，「我自認這樣寫已將情節交代得很完整了，就算要拖長一點我也沒東西可寫。」

「葛原先生，這樣是不行的。」小木一臉焦躁，「請忘記以前的寫作模式或節奏。我不也說過，如今的暢銷小說必需加入資訊小說的元素？恕我失禮，依目前看到的部分，只覺得您把我的忠告當放屁。」

「不，我沒那個意思。可是你要我在牟田高志投球前加進什麼樣的資訊？根本沒適合的特殊資訊能加呀。」

小木聽他這麼說，以指尖按壓雙眼眼皮，緩緩搖頭。

「我知道了。這樣吧，我來搜集可用的資訊。葛原先生，請設法將我找來的東西寫進小說，在主角投出命運的一球前，請至少寫出一百張稿紙。」

「咦？」葛原嚇得向後仰。「把一張變成一百張？」

「您在說什麼啊？請別因區區一百張的量就如此大驚小怪，好嗎？接下來還有兩千九百張呢。」小木以激勵的口吻說道。

隔天小木寄來一個小包裹，葛原打開一看，是一疊資料。這似乎是小木囑咐他一定要加進小說的資訊。

一讀之下，葛原大爲訝異，馬上打電話到編輯部。

「喂，再怎麼說這也太過分了。」

「有什麼過分的？這和其他作家做的事差不多喔，總之就是要以篇幅取勝。」

「是嗎？」

「是的。葛原先生，相信我，放手去寫吧。請用力寫，拚命寫！」小木的語氣非常激動，要是與他面對面，口水一定會像雨水般飛來。

葛原坐在電腦前，再度盯著要改寫進小說的資料，心存疑慮地敲打起鍵盤。

《曲球》（改稿後）

從大阪的阪神梅田車站搭乘特快電車約十二分鐘可達甲子園車站。這車站位於甲子園棒球場附近，徒步前往棒球場需兩、三分鐘的路程。

所謂的棒球場，誠如其名是打棒球的地方。

棒球是一種源自美國的球類運動，原文是baseball。一八九四年傳入日本之後，日本人便開始以「野球」稱呼它。由投手、捕手、一壘手、二壘手、三壘手、游擊手、左外野手、中間手、右外野手九人組成一支隊伍。比賽方法是由兩支隊伍輪流攻擊和防守爭取高分，攻擊的一方若能將投手投出的球打擊出去，依序前進一壘、二壘、三壘，最後回到本壘便能得分。兩隊分別輪流攻擊九局，最後累計得分較高的一方獲勝。

這種運動在日本廣受歡迎，目前共有十二支職業棒球隊。各隊擁有自己的主場，而阪神虎隊的主場即是甲子園球場。

話雖如此，甲子園並非專為阪神虎蓋的棒球場，當初興建的目的是為了朝日新聞社主辦的日本全國中學棒球賽。大正四年（一九一五）八月舉辦了第一屆比賽，雖然賽事陸續移至豐中球場及鳴尾球場，但隨著棒球熱潮逐漸加溫，需要更大的球場，於是蓋了原名甲子園大運動場的甲子園球場，大正十三年完工。而阪神虎的前身大阪棒球俱樂部，俗稱大阪虎，則成立於昭和十年（一九三五）。

經過幾次修建工程，目前甲子園球場總面積為三萬九千六百平方公尺。球場占了一萬四千七百平方公尺，觀眾席則是兩萬四千九百平方公尺。全壘打距離在左右外野各為九十六公尺，中外野為一百二十公尺。觀眾席高十五公尺，分設台階內野區四十八層、三壘內野區五十八層、外野區四十九層，共可容納五萬五千人。

此外，昭和三十一年增設了夜間照明設備。其中照明燈有六座，內野照明燈高二十五公尺，外野照明燈高三十五公尺。至於每座燈的燈泡數目為一千五百瓦的白熾燈五十二個、一千瓦的水銀燈四百七十二個、四百瓦的滷素燈一百八十個。這使得投手與捕手間本壘板那一帶的亮度維持在兩千五百燭光左右，內野兩千兩百燭光，外野一千四百燭光。

日本全國中學棒球賽按照當初的計畫，於甲子園竣工時舉行。另外，大正十三年四月更在每日新聞社的主辦下，在名古屋的八事球場舉行了第一屆日本全國中學棒球選拔賽，這項比賽的場地後來也改為甲子園。儘管棒球迷每年都引頸期盼，這兩項賽事卻曾不幸因戰爭中斷。然而，昭和二十二年春、夏季，日本全國中學棒球選拔賽和日本全國中學棒球賽又分別恢復賽事。昭和二十三年，由於學制改革，兩者各改名為日本全國高中棒球選手權大會與日本全國高中棒球選拔賽（1）。

牟田高志站在甲子園的中心。

這一天，甲子園球場上進行的是全國高中棒球選手權大會。賽程進入第四天，各都道府縣的代表連日展開激戰，共有四十九支代表隊。四十七都道府縣中，東京和北海道分別派出兩支隊伍，因此全部為四十九支隊伍。比賽採取淘汰制，先由三十四支隊伍進行第一輪淘汰賽，減少至十七支隊伍。這十七支隊伍加上第一輪淘汰賽時輪空的十五支種子隊，總計三十二支隊伍進行第二輪淘汰賽。這些比賽組合全為抽籤決定。

大會第四天還在打第一輪淘汰賽。甲子園上空萬里無雲，天空像塗了藍色油漆般，炎夏灼熱的陽光照射在紅褐泥土及綠草地上。順帶一提，甲子園於昭和三年才鋪設草地。

對站在投手丘上的高志而言，陽光如同看不見的敵人。

1 即俗稱的夏季甲子園與春季甲子園。

葛原以這種方式持續往下寫，光說明甲子園和高中棒球就用了將近五張稿紙。但這還沒完，他仰賴小木找來的資料，描寫站在甲子園的投手丘上有多麼悶熱，及曾有多少被看好的知名選手輸給了炎熱的天氣。此外，葛原更詳述投手遇上危機時的心理狀態，甚至如何投出各種球路的技術性知識……

總之，能寫的都寫進去了。

葛原依小木的指示，在牟田高志投出決定命運的一球前正好寫了一百張稿紙。

5

「恭喜，您做到了嘛！我估了一下，全文換算成稿紙是三千零五十三張，順利達成目標。」電話另一端的小木話聲聽來十分雀躍。

葛原將小說《曲球》的原稿分成幾個數百張稿紙大小的檔案，以電子郵件分次寄給小木，昨天總算寄出最後一份。

三千零五十三張，眞是令人窒息的數字。這確實是他所寫，不過他沒有什麼成就感，心情和以前完成五百張稿紙那種篇幅的小說差不多，身體反倒異常疲憊。

「這樣眞的好嗎？」葛原還是很不安。

「您在說什麼，這是部了不起的作品。我打算以『世界最長的棒球推理小說』當文案標語，一定會成爲話題！」

葛原心想，這倒也是，這樣肯定能引起讀者的注意。

「可是啊，最近我們聽到一件令人不太舒服的消息。」小木壓低音量說道。

「什麼消息？」

「葛原先生，您知道油壺俊彥先生吧？」

「油壺？噢，知道啊，那個以寫運動推理小說出名的年輕作家吧？」

「是的。聽說他也在寫棒球推理小說，就快完稿了。」

「是喔。」

葛原對此不太意外。相同題材的書在同一段時間出版上市，是常發生的事，他就遇過幾次。

「那又如何？沒什麼關係吧。」

「不，這次情況不太一樣。根據我們打聽到的消息，那部作品的篇幅好像也是三千張稿紙左右，且對方似乎也打算使用『世界最長的棒球推理小說』這種聳動的宣傳文案。」

「喔……」葛原到底還是忍不住沉吟，「那不太妙吧？」

「是不太妙。搞不好葛原先生與油壺先生的作品都會套上寫著『世界最長的推理小說』的書腰，並列在新書區。倘若發生那樣的事，讀者會心生疑惑，究竟哪本才貨眞價實？」

「說的也是……，喂，你該不會要我再加寫吧？」

「我原本想那麼做啦，可是目前情況看來時間不夠了。一個不留神，對方就會搶先一步出書，那麼，即使我們的篇幅較長也削弱了衝擊性，只好以目前的稿子出書。」

葛原知道不必再寫，鬆了口氣。

「但……」小木繼續道，「有件事請您務必應允，我打算以換行的方式增加行數，如此便能多出不少篇幅。」

「嗯，若只是換幾行倒無妨……你要增加多少？」

「原則上一碰到句點就換行，逗點則視情況考慮。」

小木這句話讓葛原大吃一驚。

「這麼做每頁下半部都會變得空空的！」

「沒關係。這樣反而容易閱讀，讀者應該也不會抱怨才是。」

「眞的嗎……」葛原拿著話筒陷入沉思。

「光如此處理我還是不放心。應該說，油壺先生他們也可能採取一樣的方法，看來最後得靠做書的技巧一決勝負了。」

「你打算怎麼做？」

「嗯，事情既然演變到這種地步，只好以超長篇當宣傳重點，訴諸視覺應該能得到最強烈的效果。」

「視覺？」

「換句話說，就是書的厚度啦。我們要卯起來做一本超厚的書，絕對不可以比油壺先生的薄。」

「不過要怎麼做，原稿篇幅不是固定了嗎？」

「首先是排版方式。一般而言，三千張稿紙的超長篇小說一頁會排成上下兩段。我們就來顛覆這項常識，只排一段，且要放大字級，盡可能拉開字的間距，行距也是，讓版面變寬鬆，這樣便能增加不少頁數。還有，我們打算每十頁放入一張插畫，已找畫家動筆了。」

小木說得情緒高亢了起來，葛原卻完全想像不出這將會是怎樣的一本書。

「讀者會很困擾吧。這麼厚的書，很難上下冊一起帶著走吧。」

葛原一說完，電話另一頭的小木沉默下來。葛原才想著他怎麼了，他便開口，「我也想和您討論這件事，我在考慮是否要分成上下冊。」

「不分成上下冊？難道打算分成上中下三冊嗎？」

「不，也不是，而是完全不分冊。我想做成全一冊。」

「一冊？三千張稿紙的作品只做成一冊？」葛原不禁提高音量，「那要怎麼裝訂！我問你，這到底會是什麼樣的書？」

「按目前的計畫粗略估算，應該會做出共兩千多頁、厚約十五公分的書。再加上封面和封底，這將會是一本分量驚人的書喔。嘻嘻，大家肯定會嚇一跳。」

「十五公分？」葛原攤開手掌看了看，「那麼厚的書，單手拿不起來吧。」

「沒關係。如今這個時代，不採取那樣的方式是不行的。做事不能半調子，要做就要做得徹底。關於這件事，總編輯已交給我全權負責，也請葛原先生相信我，我絕對會讓這部作品成爲暢銷書！」

小木如此自信滿滿，葛原也無話可說，只好回聲「萬事拜託了」便掛上電話。

6

寫完一本長篇小說後不接任何工作，好好休息一陣子是葛原至今的工作模式，但這次可由不得他。某出版社突然委託葛原擔任新人獎的評審委員，在此之前他從沒接過類似的工作。他在文壇雖尚未留下相當的實績，卻渴望總有一天能擔任評審委員。雖然這份工作是因某位評審突然退出才找上他，換句話說葛原是臨危受命的代打者，他仍高興得跳起來，立刻答應了。

然而，看見對方送來的入圍作品時他大吃一驚，五篇都遠遠超過兩千張稿紙。

「哇啊，難怪會有評審委員逃走！」

葛原望著眼前那一大疊原稿，不知如何是好。他覺得世界一定哪裡出了問題，這未免太誇張了。可是丟著不管也不行，他認命地讀了起來。不出所料，文中充斥著冗長多餘的描述。作品中塞進過多資訊，完全偏離了劇情，甚至有幾名角色只是爲了增添故事的複雜性而存在。他想起最近剛讀過一篇非常類似的作品，不用說，正是《曲球》。

他看到頭痛欲裂，正打算喘口氣時，電話鈴聲響起，是小木打來的。

「我們獲得油壺先生作品的新消息，那邊果然也另有打算。」小木咬牙切齒地說道。

「他們做了什麼？」

「不分冊和只排一段的做法跟我們一樣，但插畫的數量不同，對方每五頁就放一張畫，很過分吧？簡直就是繪本嘛！」

我們也沒立場說人家吧？葛原硬生生吞下這句湧到喉嚨的話。

「不過請放心，我們也有祕密策略。其實我換了紙。」

「紙？換了……什麼意思？」

「當然是換成比較厚的紙。這樣整本書應該會再多個兩到三公分，忠實書店那些傢伙肯定會嚇一跳。嘿嘿。」

忠實書店當然就是爲油壺俊彥出書的出版社。

「可是他們會不會也增加紙的厚度呢？」

「放心，來不及了，勝利是屬於我們的。」小木高聲大笑，掛上電話。

然而，三天後小木又打來了。

「那些傢伙眞的很卑鄙，發現我們搶先一步更換內文用紙，居然增加封面與封底的厚度，兩者合計接近一公分。」

這麼說來，那本書光封面便厚達五公釐。

「放心好了，我們不會輸的。我已向廠商特別訂作，也增加了封面與封底用紙的厚度，這下應該會再增加幾公釐。」

類似這樣的電話每隔幾天就會打來，葛原完全無法預測自己的書究竟會是何種樣貌。

《曲球》在書店上架的日子總算來臨。

葛原在工作室裡讀著新人獎入圍作品的原稿，總算到第三篇了。不過，目前他應該看了五千張以上的稿子，這陣子他完全沒辦法進行別的工作。

他決定休息一下，順便打電話給小木。其實，兩星期前小木突然斷了音訊。

「您好，這裡是金潮社。」

「喲，小木嗎？是我啦，葛原。」

「噢，您好、您好，好久沒聽到您的聲音了。」小木的語調異常客氣。

「《曲球》應該是今天發售吧？樣書還沒送到我家，怎麼了嗎？」

「啊，抱歉，我馬上安排。」

「還有，你看過書店的情形了嗎？每次新書出版，你不是都會立刻去觀察銷售狀況嗎？」

「不，呃……今天還沒，剛剛才想著等會兒要過去。」

「那我也一起去，我也想看看成書的樣子。」

「咦？可是您不是還有工作……」

「我偶爾也需要休息一下，不停地讀那些超長篇作品，腦袋都累壞了。五點約在平常那間咖啡店如何？」

「啊，是，我知道了。」小木直到掛斷電話都應得不乾不脆。

葛原一到平常約的咖啡店，便看見小木神色古怪的等著他。

「你怎麼一臉鬱悶？」

「葛原先生，到書店之前我有件事要先說。」

「咦？什麼事？」

「其實最近這陣子，出版界發生了一些小變革，修改了計算原稿分量的規則。」

「原稿分量？」

「您也知道，至今都是將原稿換算成四百字稿紙的張數來表示篇幅長度，但自從大部分作家改用文書處理機或電腦寫稿後，就產生許多不便之處。而且，最近的年輕人連什麼是四百字稿紙都不曉得，甚至看都沒看過，即使在書腰上強調『一千五百張稿紙的全新力作』，也無法將作品的分量傳達給讀者。」

聽了小木的話，葛原盤起雙臂想著小木說的或許沒錯，自己也很久沒看過四百字稿紙的實物，以那種日常生活中鮮少遇到的事物來計算小說篇幅，或許眞的毫無意義。

「咦？這麼說來，這次的書腰上也沒強調換算成稿紙的張數嘍？沒寫上『雷霆萬鈞的三千張』，或『驚天動地的三千張』之類的句子嗎？」

「事實上正是如此。」小木低頭賠罪，「不過，相對地我們放了別的宣傳詞，我想應該能充分傳達出這是一本巨作。」

「放了什麼別的宣傳詞？」

「這……」小木話講到一半，垂下頭，「我想還是請您親眼看看吧。」

見到小木這樣的態度，葛原哪還能氣定神閒地坐著喝咖啡。他什麼也沒點就離開了咖啡店，與小木直奔書店。

葛原一進書店便發現新書區人山人海，不時還傳出驚嘆聲。到底發什了什麼事？他怯生生地朝人群走去。

那裡確實擺了他的書。不，該說擺了像書的東西。若非事先知情，絕不會有人認爲那是書，畢竟他原以爲是封面的部分竟是書背。看來書背厚得超過書的寬度了。

一旁還放了油壺俊彥的新作。那本感覺也不像書，反倒像個巨大的骰子。

葛原看著自己新書的書腰，頓時啞口無言。

「葛原萬太郎　世界最重的棒球推理小説誕生！要命的八・七公斤！」

小木不知何時走近他身旁，在他耳邊低語，「我想暫時應該沒人破得了這項紀錄，因爲封面加了鐵板。」

07

魔風館殺人事件

超完結篇・最後五張稿紙

在眾人的注視下，高屋敷偵探站起身，緩緩開口：

「看來，終於到了揭開謎底的時候，就讓我告訴大家發生在這個魔風館的可怕殺人案眞相吧。爲何館主岩風先生會在鐘塔上慘遭殺害？以血寫成的死前留言意謂著什麼？而兇手又是如何從絕不可能逃脫的鐘塔密室中消失？其實，只要查明一事，便能夠輕易解開所有謎團。那就是……」他的目光掃過在場每個人。

（唉唷，慘了、慘了啦！我還想不出好結局就寫到這裡了。哇啊，怎麼辦，這次是最後一回連載，而且只剩下五張稿紙的篇幅……呃，如今只剩四張，根本不可能以四張稿紙解決這起命案，再說我也不知道該怎麼解決才好。誰教我一路想到什麼寫什麼，可是沒時間了，不快點設法擠點東西出來不行……）

佳枝睜大雙眼，盯著這名年輕偵探。那是種克服心上人被奪走性命的悲傷後，欲了解痛苦眞相的眼神。

（哎呀，都火燒屁股了，我還在寫什麼廢話？眼前不是寫這些無聊描述騙取稿費的時候。嗯，不過刪掉怪可惜的，留下來湊和著用好了。不過話說回來，我到底該怎麼收尾才好？這都要怪責任編輯大森啦，都是他要我寫密室殺人的題材，可是我根本沒想出最重要的密室機關該怎麼解決。還有那個以血寫成的死前留言，我只是為了營造緊張氣氛才故布疑陣讓死者在臨終前留下訊息，有什麼特別意義我哪曉得啊。唉唷，可惡，早知道就不該順著大森的意思，我做夢也沒料到會這麼痛苦，心臟怦怦亂跳，頭又痛個不停，整天只想著這篇小說究竟要怎麼完結，這兩、三天連頓飯都沒好好吃過。）

「總而言之，那座鐘塔的鐘面有個洞，兇手就是巧妙地利用這點脫逃。」高屋敷這麼一說，眾人頓時一陣騷動。

（這麼寫絕對會被罵到狗血淋頭吧，當初喊著密室密室的弄得沸沸揚揚，現在才冒出個洞根本是亂來。果然不妙，真這麼寫肯定會要了我這個推理作家的命。我還是菜鳥，寫出這種東西往後就沒工作了。啊……沒工作就完蛋了，不能這樣，得想想辦法。那不行，這也不行，我的媽呀，汗都流下來了，呼吸好困難！呼哈、呼哈哈哈……）

佳枝流下一道淚水，向偵探問道，「不過，高屋敷先生，到底是誰，又爲什麼要做出那麼殘忍的事？請告訴我。」

（才想要妳告訴我該讓誰當兇手咧，雖然大森曾不負責任地建議，反正到了尾聲，只要讓跌破讀者眼鏡的角色成為兇手就可以了，但這篇故事似乎無論誰是兇手都不令人意外。傷腦筋，慘了啦！嗚嗚、嗚嗚嗚……得用剩下的兩張稿紙解決命案，這下真的走頭無路了。所以我早提過沒自信寫連載小說了嘛，都是大森，說什麼沒問題，任誰一開始都會認為自己不行……唉呀，完了，全都完了！我的作家生涯到此結束了，誰來救救我……）

高屋敷深深吸了口氣，再度依序從頭端詳所有集合在這間豪華大廳的人。不久，他的胸膛因吸飽了氣而高高鼓起，大夥兒都等著聽他接下來要說的話。

「那麼，就讓我告訴各位吧。使用惡魔般的智慧完成這項駭人聽聞的罪行，也就是殺害館主岩風先生的兇手就是

﹝由於作者暴斃身亡，雖然對讀者深感抱歉，但本連載到此結束。編輯部上﹞

08

超讀書機器殺人事件

1

每年都有數名新作家出道，反映出推理小說受歡迎的程度。這原本是好事，問題在於這些人不見得每個都是「指日可待的重量級新人」。好比前年，猿田小文吾以《赤顏鬼》獲得日本驚悚小說大獎，書中提到的民俗學相關知識雖令人讚賞，但劇情囉嗦冗長，人物刻畫又不夠深入，當時我便擔心他接下來的作品可能會寫得很辛苦。

本月上架的《青足河童》（金潮社出版）是猿田的新作。不知道他的寫作技巧究竟成長了多少，我懷著既期待又怕受傷害的心情翻開書頁。

老實說，我的期待落了空。不，這樣說還太客氣了，講明白一點，這根本是部拙劣的作品，看了真後悔。

猿田的上一部作品《赤顏鬼》是本格推理小說，描寫發生在深山小村落的連續殺人案件，故事中穿插出現赤鬼舞這項傳統技藝。而這次的故事背景又是個遠離人煙的小村落，傳說流經村落的河津川裡住著河童，會殺死汙染河川的人。

讀到這裡，我心想別再看了吧。記得前作是以只要有婦女墮胎，赤鬼就會襲擊人的傳說為主軸。這次換成了河童，真想問問作者，同樣的手法到底要用幾次才甘願。

這麼一來，後續發展應該也大同小異，果然不出所料。想要興建遊樂園的業者來到村中，社長恩田公一是村裡望族恩田家的長男，二十五年前離開家鄉，從事土地開發而成為實業家。

恩田為讓反對派閉嘴，展開了鈔票攻勢。當恩田順利以金錢收攏人心，贊成派即將過半時，遠離村落的小廟裡卻發現了他的屍體。他渾身濕透，死因是溺斃。不過奇怪的是，他的雙腿被塗成了藍色，村民認為是河童搞的鬼而人人自危。

有人懷疑兇手是反對派領袖——女醫生江尻祐子，但她也在病房裡遇害，且死法和恩田一模一樣。祐子的未婚夫，同時也是醫學博士的田之倉伸介為揭開費解的殺人之謎，前往那個村子……

老套！我不得不嘆氣。《赤顏鬼》中是前往村子的婦產科醫生遇害，《青足河童》中不過是換成休閒產業的社長罷了，這本新作的獨創性究竟在哪？雙腿塗成藍色的理由，只是將《赤顏鬼》中屍體臉孔塗成紅色的理由稍微修改。而主題也是自然與科學共存，這又和前作相同。唯一下過苦心的是書中穿插描述不明傳染病的部分，但仍無法抹滅故事那種沒戲唱了，所以牽強地加入這段情節的感覺。不過，那段唐突的情節到最後卻別具深意，倒也不能說在唬弄人。

故事的步調依舊緩慢，或許與作者擅長的領域有關，一提到民俗學，便寫得鉅細靡遺，可是不管怎麼想，那些都和故事主軸無關，真希望作者能設身處地體恤被迫看這種冗長文章的讀者。民俗學的內容洋洋灑灑占了許多篇幅，卻沒花心思描寫人物，陸續登場的角色完全搞不清楚誰是誰。文章本身其差無比，使用了大量怪異的措詞，要弄懂意思得大費心神。這還不打緊，案情水落石出後，真兇的身分居然一點意外性都沒有，作者除主角外只好好塑造了這個角色，會是兇手也理所當然。

重申一次，本書是部拙作、爛作，最好別看。

門馬重看一次原稿，好像寫得稍稍過火了。但《青足河童》內容眞的差勁透頂，簡直浪費時間，老實說他是爲了洩忿才這麼拚命寫。

不過，算了。

門馬覺得自己只是老實地寫出感想。他並非自願閱讀《青足河童》，而是編輯部拜託他寫這本書的評論。讀完《赤顏鬼》之後，他就對猿田小文吾失去了興趣，如果不是爲了工作，他大概連看也不會看《青足河童》一眼。

話雖這麼說，門馬還是拿起腳邊另一本書。那是牛飼源八的《人手收藏家》，接下來得寫這部作品的書評，他卻一頁都還沒翻開。

門馬是推理小說評論家。他原本只是因興趣而讀，在推理迷朋友的勸說之下替同人誌寫了幾次書評，推理小說評論家便成了他的正職。常有人揶揄他只要看喜歡的小說，適當地寫出感想就好，眞是份幸福的工作。但實際入行後，他想再也沒有比這更痛苦的工作了。

無論如何都非讀不可的書多到不行，除了熱門書、新人獎得獎作，還有資深作家和當紅作家的書也得一一過目。數家出版社每個月都會固定寄新書到門馬家，不管怎麼整理，堆積如山的書始終像座巨大的金字塔。話雖如此，一想到正因推理小說盛行，自己從事的職業才應運而生，他實在沒有理由抱怨。

看著牛飼源八的《人手收藏家》，他嘆了口氣。再怎麼看，這本書的厚度都有五公分，內文還排成上下兩段。一想到非看不可，「雷霆萬鈞的兩千兩百張稿紙」這種宣傳詞就格外令人怨恨。

呃，截稿日期是什麼時候……

門馬翻開密密麻麻寫滿了工作進度的記事本，他記得今天就是《青足河童》的截稿日。

「啊！」

他看到工作預定表時叫了一聲。《青足河童》截稿日那一欄旁寫著這麼一句話：

「金潮社小木先生委託的工作，千萬要美言幾句。」

原來如此，門馬想起來了。這本《青足河童》是小木負責的書，小木還待在《小說金潮》時曾多方照顧門馬，所以門馬無論如何都必須設法寫篇讚賞的書評。

「傷腦筋啊。」門馬不禁發出哀號。現在要重寫稿子太費力了，不，費力是一回事，麻煩的是他該怎麼讚美這本書？

傷腦筋啊，門馬又嘟囔了一聲，倒在沙發上。

2

門馬似乎就這麼睡著了，直到玄關的門鈴響起才醒來。他揉著眼睛打開大門，眼前站著一個面帶微笑的陌生男子，頭髮三七旁分，身穿深藍色西裝。

「您是推理小說評論家門馬老師吧？」

「是的，你哪位？」

「這是我的名片。」

男人遞出的名片上寫著：

自動書評撰寫機銷售股份有限公司

營業所長　黃泉詠太

「有什麼事呢？」

「敝公司這次開發了高機能讀書機，今日造訪府上是希望能在上市之前，邀請以讀書爲職業的人士試用這台機器，感受其便利性，並提出參考意見。」黃泉搓著雙手，臉上堆滿笑容。

「你說叫什麼機？」

「高機能讀書機。」黃泉說著走進門內，從公事包裡拿出介紹手冊，「您使用過後一定會喜歡，請參考。」

「如果是到府推銷，恕我拒絕。」

「哎呀呀，快別這麼說，至少讓我把話說完。今天上門叨擾是因您是著名的書評家門馬老師，我對老師寫的書評、論述佩服得五體投地。您從事這麼了不起的工作，眞可謂日本當今首屈一指的評論家。」黃泉不停地鞠躬哈腰。

門馬對他的阿諛奉承雖感到有點厭煩，倒不至於覺得不舒服，因此不自覺地脫口回應，「你到底有什麼事？」

「是，呃，老師如此活躍於文壇，想必有許多煩惱的事，不知道我有沒有說錯？」

「怎麼說？」

「像是忙得沒時間看那麼多書、身體不適看不下書，或身體無恙也有足夠的時間，就是沒有喜歡的所以不想看書等，諸如此類的煩惱。」

「那倒是。」門馬抓了抓鼻子。

「是吧？我就說是這樣。」黃泉拿著介紹手冊靠了過來，「敝公司的自動書評撰寫機便是爲您這樣的大忙人開發的，它可是能代替您讀書的夢幻工具。」

「哈哈。」門馬點頭，「原來如此，什麼都不用做，它會在一旁朗讀給我們聽。可是自己讀反倒輕鬆，聽朗讀挺累人的，還會想睡覺。」

門馬這麼一說，推銷員便豎起食指，「嘖、嘖、嘖」地砸嘴。

「我可不會單單爲了推銷普通的朗讀機而特地跑到府上打擾，這台自動書評撰寫機能夠在讀完書之後，歸納書本的內容、撰寫心得並輸出書評。」

「咦？不會吧？」

「您一定不相信吧，但這是眞的。而且讀書所需的時間極短，即使是三百頁的書也只要十分鐘左右。」

「眞難以置信啊。」

「百聞不如一見。不介意的話，讓我爲您示範一下。」

「咦？現在嗎？」

「當然。」

門馬猶豫了。不管怎麼想這都像詐欺，不過也引起了他的興趣。倘若待會兒發現是騙人的，只要馬上將推銷員轟出門就好。

「好，那你示範看看吧。」

「遵命。」

黃泉打開大門，風一般咻地離去。

幾分鐘後，兩名身穿工作服的男子搬了一台小型冰箱尺寸的機器進來，黃泉隨後進屋。

兩人將機器擺在不怎麼寬敞的客廳裡。

「那麼，您有什麼想讓它讀的書嗎？」黃泉問道。

「這個嘛……」

既然如此，門馬遞出《人手收藏家》。

「好的。那您首先要讓它做什麼？撰寫感想如何？」

「不，先寫摘要，我想知道故事梗概。」

「好的，包在它身上。」

機器側面有扇類似微波爐的門。黃泉打開那扇門放進書，關上後按了幾個按鍵，機器便「嗡」地發出像是馬達轉動的聲響，接著傳出翻頁的唰唰聲，速度確實驚人。

十幾分鐘後，翻頁聲停止，從門背面的狹縫冒出一張Ａ４的紙，上頭寫滿了密密麻麻的字。門馬拿起紙張一看，嚇了一跳，上面精簡地寫著《人手收藏家》的概要。

人手收藏家

故事背景為東京，一名在澀谷中央大道遊玩的女子突然下落不明，隔天被發現慘遭勒斃在公園廁所裡，且兇手不知為何還砍下她的左手腕。

第二起命案發生在池袋，一名聯誼中途脫隊失蹤的學生陳屍在百貨公司屋頂，手腕也遭砍斷。現場還留有第一個被害者的手腕，上面以紅色原子筆寫著「Lesson 1 This is a pen」。

警視廳的岩槻一正警部是調查精神異常者凶殺案件首屈一指的高手，同時也是本案實質上的指揮官。他的愛女遭精神錯亂的年輕人殺害，該名犯人逃亡時從大樓跳下，當場死亡。

當岩槻他們向目擊者收集資訊時，發生了第三起命案，地點為銀座的地下街，遇害的是一名男性遊民。他的手腕遭人砍斷，現場留下了第二個被害者的手腕，上面寫著「Lesson 2 I am a boy」。

門馬讀到這裡不禁大喊「這眞是太神奇了」，看完這份概要就能大致掌握內容。概要中提到之後陸續又發生了同樣的命案，岩槻警部查出兇手留下的訊息是擷取自昭和四十年代所使用的國中英語課本，推論兇手以那本教科書學習英語。此外，教科書只編到「Lesson 10」，因此岩槻警部推測兇手打算殺十個人。岩槻警部馬上聯想到女兒的命案，察覺眞兇的最終目標是自己。岩槻想起女兒上過英語會話補習班，出乎意料的兇手，眞面目逐漸浮上檯面……

門馬驚聲連連，只要有這個就不必讀書了。

「您中意這台機器嗎？」黃泉自信滿滿地問道，一副「怎麼可能不中意」的神情。

「挺不賴的。」門馬說，「但光是概要不夠，剛才你說它還能寫感想和書評？」

「沒錯，我示範給您看吧。」

「快弄來瞧瞧。」

黃泉說完，動作俐落地按下操作按鈕，機器再度發出「嗡」的馬達聲。

這次立刻跑出一張紙，上頭印著文字如下：

三年前以《哄堂大笑的一群豬》躋身文壇的牛飼源八，其新書《人手收藏家》是一部猶勝前作的傑出心理懸疑小說。變態犯罪專家岩槻追緝接連砍斷屍體手腕留在下一名被害者身邊的怪異殺人魔，且那手腕上還寫著「Lesson 1 This is a pen」這種四十多歲讀者應該都不陌生的訊息。

這是一部令讀者無暇喘息的精彩小說。除了岩槻之外還有視屍體為辦案資料的鑑識專家及沉著冷靜的心理搜查官，他們無不使出渾身解數，預測下一起案件發生的時間地點，並撒下天羅地網。然而，犯人巧妙地找出警方看似周密的布局漏洞，再度下手。緊接著，故事與岩槻女兒的命案錯綜複雜地揉合在一起，從某個時點起戲劇化地全盤改變，作者的精心設計令人拍案叫絕。

門馬不由得咂舌，這完全不像機器寫出來的文章。

「姑且彙整成一張四百字稿紙。」黃泉洋洋得意地挺起胸膛，「您覺得如何？」

「還可以啦。不過它寫了不少溢美之詞，但我聽說這本《人手收藏家》的風評不太好。」

「噢，這個啊，因爲我設定了『阿諛奉承』的評價模式。」

「阿諛奉承？」

「請看這裡。」黃泉指著操作面板。

門馬仔細一看，面板上的「評價模式」區塊並排著五個按鈕，由上而下依序是「阿諛奉承」、「花言巧語」、「誠樸篤實」、「犀利毒舌」、「尖酸刻薄」。

「它能像這樣切換五個不同等級的書評語氣。若覺得有點言過其實，改成『花言巧語』或『誠樸篤實』就行了。在『誠樸篤實』模式下，主要是不痛不癢地介紹基本劇情。」

門馬心想，那就和我平常在做的工作一樣。

「那，你讓它以『尖酸刻薄』模式寫寫看《人手收藏家》的書評。」

「好的。」

黃泉按下『尖酸刻薄』的按鈕，機器便開始撰寫書評，過沒多久完成書評如下：

三年前以《哄堂大笑的一群豬》躋身文壇的牛飼源八，其新作《人手收藏家》是一部裹著心理懸疑小說外衣的爛小說。出現一堆屍體是這種小說的常規，我們姑且睜一隻眼、閉一隻眼，但砍斷手腕留在下一名被害者身旁的手法卻了無新意，上面留著「Lesson 1 This is a pen」這種訊息，應該會惹得四十多歲的讀者放聲大笑吧。

明明是連續命案，以主角變態犯罪專家岩槻為首，配角鑑識課人員及犯罪心理搜查官卻都只是花拳繡腿的三腳貓，行動總是慢犯人一步，教讀者不禁為他們捏一把冷汗。故事後盤突然與過去岩槻女兒的命案扯上關係，顯得既突兀又牽強，最後的解謎也了無新意，是本讓人想叫出版社退錢的大爛書。

門馬看了一驚。這又是天差地遠的另一種評法，他怎樣也無法寫得如此毒辣。

「這種書評不怕得罪人嗎？」

「嗯，實際上除了極少數的例子，我想是不會用到『尖酸刻薄』模式的。」

門馬心想，那大概是打算反向操作，藉尖刻的評論炒作書籍爲熱門話題的時候吧。

「呃，這樣您覺得如何？」黃泉又搓揉起雙手，「經過以上的介紹，您應該大致理解自動書評撰寫機的性能了。」

「是啊。」門馬雙臂環胸。

其實他心裡早決定要買這台機器了，不過還不知道價錢多少，要是對方獅子大開口，他可吃不消。

黃泉盯著他直瞧。

「先前說過，這次上門是想請老師試用並提出參考意見，所以您完全不需付錢。」

「咦，這樣啊？免費的意思嗎？」

「是的。」黃泉低頭行禮，「您意下如何？願意試試嗎？」

「這個嘛，既然你都這麼說了，我也不好意思拒絕，那我就用看看吧。」

「眞是太好了，非常感謝您。」

黃泉拿出幾份契約書請門馬簽名。門馬仔細閱讀內容，看來不是詐騙。

「那麼下個月我再來詢問您的寶貴意見。」黃泉說完就回去了。

門馬靠近撫摸機器的表面。

得到了方便的東西！

絕處逢生便是這麼回事，這下有辦法解決截稿期迫在眉睫的工作了。

他拿起猿田小文吾的《青足河童》，打開機器的門，放進書後關上，目光移向操作面板。

他將評價模式設定成「阿諛奉承」，按下按鈕機器馬上啪啦啪啦地開始翻頁。

十分鐘左右後，完成了以下書評：

> 前年以《赤顏鬼》榮獲日本驚悚小說大獎的猿田小文吾，是文壇公認的重量級明日之星。尤其他在民俗學方面造詣之深，令人不禁讚嘆這居然是新人寫出的作品。故事雖簡單，但或許就是這樣才能襯托出主題。部分人士指出書中對於人性刻畫得不夠深入，然而為了準確描寫命案，並將涵義深遠的主題傳達給讀者，作者選擇刻意模糊角色才是正確的做法。

《青足河童》（金潮社出版）是這名重量級新人的最新作品，我滿心期待地捧書而讀，內容不僅沒有辜負我的期望，更帶給我遠勝期望的感動。

這次的故事發生在一個小山村，傳說河童會殺害汙染河津川的人。一天，村裡望族恩田家的長男回到村子。他在二十五年前離開村落，如今已是青年實業家。他計畫開發該地區，打造一座大型遊樂園。為對抗環保團體，他一一收買了村裡的重要人士。

讀到這裡，我便確信這是部傑作。前作取材自赤鬼傳說，本作則為河童傳說，我對這位作者深厚的學養內涵簡直佩服得五體投地。故事舞台乍看之下是古樸傳統的世界，然而作者添加了青年實業家的野心這極具現代感的設定，讓人不得不承認作者描寫的重點拿捏得恰到好處。

光以上述及的部分便足以構成一部小說，但本作的驚人之處還不僅於此。之後村人發現青年實業家居然溺死了，最不可思議的是他的雙腿被塗成了藍色，由此連結上河童傳說。

下一個遇害的是女醫生江尻祐子，她也是河童傳說的犧牲者，只不過她是站在反對開發村子的立場。

錯綜複雜的謎團、步步進逼的恐懼感，就在村裡人人自危時，一名男子來到村中。他是醫學博士田之倉伸介，也是祐子的情人。

至此，說不定有讀者會發現劇情和前作《赤顏鬼》類似。《青足河童》中確實沿用了許多前作的長處，然而，那可說是作者對這種創作風格有強烈自信心的表現。缺乏天分的作者，往往會受限於舊框架，猿田卻非如此。他在出道以來的第二部作品便確立了創作風格。

這次的小說主題仍是自然與科學並存，這是多麼深奧、宏大啊！有些作者缺乏自信，每部作品都更換主題。猿田屬於那種勇往直前，走在自己相信道路上的類型。

此外，加入不明傳染病這個情節的創意更令人佩服。這一點使作品的深度大增，乍看之下與內容毫無關係的插曲，到了故事尾聲卻具有重大意義，我只能對作者高超的寫作技巧脫帽致敬。

作者擅長的民俗學部分依舊寫得精闢入理，看完本書肯定能學得許多相關知識。

而作者刻意模糊角色的手法在本作中也頗見成效，拜作者的體貼之賜，讀者不須耗費精神在與推理劇情無關的角色身上。書中出現不少獨特的措詞，這也可算是作者的個人風格吧。

小說最後揭露了誰都預料不到的犯人，想必沒有不為本書驚豔的讀者。

猿田小文吾出道沒多久，便已站在推理小說界的金字塔頂端。

3

門馬在沙發上午睡時，電話鈴響了。他慢吞吞地起身，打著哈欠接起電話，「你好，我是門馬。」

「啊，門馬先生嗎？我是《小說金潮》的江本。」

「哎呀，你好。我剛以電子郵件寄出原稿，你讀了嗎？」

門馬撿起一本掉在腳邊的書。那是女作家貓塚志乃寫的恐怖小說《浪子之夜》，江本請門馬替這本書寫書評。其實這次門馬原本打算自己看書寫書評，但看沒幾頁楔子就昏昏欲睡，最後又將工作交給自動書評撰寫機。

拜這項新武器所賜，門馬的書評產量大幅提升。即使沒讀書也能知道故事概要，連書評都能幫忙寫好，這也是理所當然的事。他特別常用「阿諛奉承」模式，因為看在各種交情上，再無聊的書也得大肆讚揚。

只要交給自動書評撰寫機，「脫離現實的詭計」會變成「充滿幻想的手法」，而「不會刻畫人性」也能變成「巧妙地隱藏角色本性」。像這類的換句好話說，人總會不好意思而寫不出來，但機器到底是機器，輕易就能寫出天花亂墜的溢美之詞。

門馬發現自己已不能沒有它。

「我拜讀了。不過，這稿子有點問題……」江本說得吞吞吐吐。

「有什麼問題？」

「嗯，呃，門馬先生看過本週的《文福週刊》了嗎？」

「《文福週刊》？不，我還沒看。怎麼了？」

「您知道那本雜誌裡有個推理小說書評專欄吧？」

「嗯，友引傳介寫的那個。」

友引是個年輕的推理小說評論家，門馬和他也算有往來，交情不算特別親密，但宴會上遇見了總會打聲招呼。

「事情是這樣的，友引先生在本週的專欄裡寫了《浪子之夜》的書評。」

「噢，這樣啊。」

貓塚志乃的前一本書大賣，是時下備受矚目的作家。她一出新書，各家雜誌想刊登書評也是當然。這種情況下對月刊很不利，無論再怎麼趕，距離下次出刊都還有一個月的時間，所以經常在這段時間內被週刊雜誌搶先一步。

「那也沒辦法，熱門作品總是會有許多雜誌報導，我不認爲有什麼問題啊。」門馬不以爲意地應道。

「不，嗯，友引先生寫《浪子之夜》的書評這件事本身確實無所謂，問題在於內容。呃……我想這可能是個誤會，友引先生寫的書評和門馬先生剛才寄來的原稿內容完全一模一樣。」

「咦？」門馬的話聲岔了氣，「一模一樣……是指寫的內容相同，而不是類似嗎？」

「是一模一樣。一字一句，連句點、逗點的位置都相同，我實在想不出這是什麼情況。」

門馬無言以對，他只想到一種可能性。

「總之我先傳眞友引先生的書評過去吧。」

「嗯，好啊，你傳過來。」

門馬掛上電話，腋下直冒汗。

幾分鐘後收到了傳眞，門馬看完那篇書評，不由得發出低吟，確實和他剛才寄給《小說金潮》的分毫不差。

友引這渾蛋想必也擁有自動書評撰寫機。

他一定也大量使用那台機器工作。這麼說來，門馬想起友引最近的書評產量似乎增加了。門馬重重踢了沙發一腳，眞是不知廉恥的傢伙，年紀輕輕就會投機取巧。

不久，電話再度響起，是江本打來的。

「找到原因了，是我的疏失。」門馬開朗地說，「這陣子我連別人寫的書評也會保存下來當參考資料。仔細想想，我也把友引這篇書評存檔了，看來是誤當成自己的原稿寄過去了。不好意思，造成你的困擾。」

「什麼啊，原來是這麼回事，那確實有另一篇門馬先生寫的原稿嘍？」

「當然有，我等會兒馬上給你。」

「聽你這麼說我就放心了，我就想一定是你寄錯了。」

「對了，順便確認一下，《浪子之夜》的書評我可以隨性寫，不一定要讚美吧？」

「那倒無妨。門馬先生或許不太看好這本書，不過友引先生可是讚不絕口。」

那是由於友引將自動書評撰寫機的評價模式設成『阿諛奉承』，而門馬不能使用相同模式。

「雖然對貓塚小姐不好意思，但我會寫得辛辣一點，沒關係吧？」

「好的，您決定怎麼寫都行。」

掛上電話後，門馬立即將《浪子之夜》放進自動書評撰寫機，設定評價模式爲「犀利毒舌」。這份工作幾分鐘後就完成了，門馬立刻將稿子傳眞到《小說金潮》編輯部。

「收到原稿了。」江本以輕鬆的口吻打電話來，「哎呀，眞是有趣。同一本書，不同的人讀竟然會差這麼多。友引先生評爲精妙絕倫的段落，在門馬先生眼中卻太過老套；而友引先生覺得內容緊湊的特點，在門馬先生的筆下卻成了囉嗦冗長，眞讓我長了不少見識。」

門馬很想回句「我又何嘗不是」，還是忍了下來。

4

門馬使用自動書評撰寫機一個月後，黃泉笑容滿面地現身。

「使用起來感覺如何？」

「機器是不錯，但發生了令我頭痛的事情。」

「哈哈，這話怎麼說？」

「你也給了其他評論家這台機器吧？像是友引傳介與大安良吉。」

「啊，您眞清楚。」黃泉搔著頭傻笑。

「這不好笑。拜你所賜，當我們剛好評論到同一本書時，其中一方便不得不改變模式，所以必須經常確認彼此的書評，麻煩得要命！」

不用說，友引和大安應該也知道門馬使用了自動書評撰寫機，辛苦的程度大概和他不相上下。

「關於這一點，其他人也有同樣的意見。」

「其他人？難道不只友引和大安？」

「呃，除了評論家之外，我還請了幾名作家試用。」

「作家爲什麼會需要這種機器？」

「同樣的機器，使用方式也因人而異。那些被委託寫文庫本解說或新人作品推薦文卻沒空讀書的作家都用得很高興。」

原來如此，門馬明白了。出版社委託寫解說和推薦文的作家通常都具備相當的名氣，相對地，作家自己的工作想必也很忙。

「還有，這事我不能大聲張揚……」黃泉掩著嘴角竊笑，「這台機器也深受文學獎評審的好評，特別是那些身兼五、六種獎項的人士，要讀完所有作品眞的很辛苦。」

「那些人太過分了吧。」門馬搖搖頭，無視自己做的事根本大同小異。「所以他們只是讀完自動書評撰寫機的概要，便出席評審會議？得獎者也就罷了，因爲這樣而被淘汰的入圍者情何以堪。」

「此外，對要參加座談卻連對方一篇作品都沒看過的作家，這機器好像也很管用。」

「哎呀呀。那出版界不少人用過這台機器了嘛，大家應該也曉得我在用了吧。等等，這麼說來，出版社引進自動書評撰寫機也是遲早的事吧？」

「文福出版和淡淡社已向我們下訂單了。」黃泉高興地應道。

「你怎麼可以那麼做！要是出版社開始使用這種機器，我就沒工作上門了。你這是嚴重妨礙我的生意！」門馬大聲嚷著。

「好啦好啦、好啦好啦好啦好啦……」黃泉雙手伸向前，拚命低頭賠罪。

「請別激動，聽我說完。如果使用自動書評撰寫機，出版社確實也能做出之前那樣的書評。可是門馬老師也知道吧，原本的自動書評撰寫機欠缺獨創性，如果讓它讀相同的書、選擇相同的模式，只能輸出相同的文章。」

「所以我說假如出版社導入同款機器……」

「換句話說……」黃泉稍稍提高音量，「原本的機型有那種缺點，所以今天我帶來了值得您一聽的消息。」

「值得一聽？什麼意思？」

黃泉從公事包中拿出一個比錄影帶更小的灰箱子。

「這是進化器，裝上後便會成爲這世上獨一無二、專屬門馬老師的自動書評撰寫機了。」

「嗯？這話什麼意思？」

「裝上這台進化器，讓自動書評撰寫機閱讀老師之前寫的書評，電腦會記憶老師的習性、喜好和價值觀。它讀的資料愈多，精準度就愈高，總有一天會具有可稱之爲老師分身的頭腦。在那種狀態下讓自動書評撰寫機讀書及寫書評，產出的稿子便會是您的風格。」

「那種事辦得到嗎？」門馬驚訝地盯著黃泉懷裡的箱子，「如果你說的是眞的，這確實會成爲世上獨一無二的機器。」

「您意下如何？要不要幫您裝上這台進化器？」黃泉語帶慫恿地試探門馬。

「這個嘛……」門馬心中躍躍欲試。

黃泉彷彿看穿了他的心思，「不過……這台進化器必須請您用買的。畢竟這是能表現老師獨創性的機器，除了您之外，對其他人都沒用處。」

黃泉言之成理，門馬怯生生地詢問價錢。

「倘若您能理解這項性能的重要性與開發困難度，我想價錢絕對公道。」黃泉先做了個開場白才說出價錢。門馬聽到那個數字頓時感到頭暈目眩，那金額足以買一輛進口轎車了。

「能不能再便宜點？」

「我們是小本生意，請您別殺價了，其他人也都以這個價格跟我們簽約的。」

「其他人是指……」

「友引先生和大安先生。」黃泉咧嘴一笑。

可惡，竟然抓住我的弱點，門馬心裡雖然這麼想，還是問道，「可以貸款嗎？」

5

「我認爲《白死一場》的作者無意刻畫眞實人性，只是不斷以暴力場景刺激讀者的感官罷了。故事中會出現一堆心理異常的人也是基於這樣的理由，如此作者才能亂寫一通，不是嗎？」

「我倒覺得沒什麼不好，那也是一種娛樂的表現。在爲劇情需要而任意扭曲人性這一點上，我覺得《人面瘡痂》更過分。作者將書中女主角的個性設定得非常溫柔，卻讓她膝蓋上的瘡痂看來像張人臉，而難以下手剝除，這又怎麼說？」

「我有同感。瘡痂本來就會讓人想剝掉，像我，經常一結痂便去剝它，所以傷口很不容易好。哈哈哈。哎呀，抱歉，我岔題了。總之如同我之前說的，我想推薦《殺人欲殺殺人時》，女作家能夠如此深入地描寫冷酷心理，眞是太棒了。呃，這位作者是家庭主婦吧？本書出自一名家庭主婦之筆，這不是很値得讚揚嗎？」

「不，我還是難以割捨《人面瘡痂》。」

「我喜歡《白死一場》。」

當三人的意見完全分歧時，便停止了討論。

門馬、友引與大安在東京都內某飯店的房間裡，進行金潮推理大獎新人獎的預選，三人一致選出了三部作品，但要再選出一部作品時意見卻完全對立，各自支持不同的作品。主辦單位金潮社認爲入圍名單只有三部太少，六部又嫌多。

門馬視線落在手邊的文件，上頭列出了這六部作品的名稱：

《敬遠的仔》——A

《硬額頭》——A

《腳底的黑闇》——A

《人面瘡痂》——B

《白死一場》——C

《殺人欲殺殺人時》——C

這份資料是由自動書評撰寫機預測，假如門馬實際閱讀作品後會下何種評價。最近他在黃泉的推薦下買了具備評審機能的機器。

門馬看到友引和大安手裡也拿著相同的文件，最近大家都不再隱瞞使用自動書評撰寫機的事實，至今的討論與其說是各自陳述想法，不如說是朗讀自動書評撰寫機輸出的答案。畢竟在座三人之中誰都沒眞正讀過參賽作品。

「各位沒辦法再讓步了嗎？」司儀詢問三人，他是《小說金潮》的總編輯。

「我不願意退讓。」門馬率先說。

「我也不會妥協。」

「我也是。」

司儀聞言點點頭，「好，那討論就到這裡結束，以對戰模式下結論如何？」

「沒辦法了吧。」

「是啊。」

「只好那麼辦了。」

司儀確定三人同意之後，對坐在身旁的操作人員使了個眼色。女性操作員收到指示，操縱起面前的電腦。

從那台電腦延伸出三條電話線，分別與門馬等三人家裡的自動書評撰寫機連線。這次會議前三人已談妥，討論不出結果時，便由機器比賽決定。

電腦螢幕上出現狸貓、貓熊和無尾熊，開始兩兩對戰一較高下。狸貓代表門馬的自動書評撰寫機。

「上啊！那裡，把牠扔出去！」

「咬它！啊，注意後面！」

「尾巴，瞄準牠的尾巴！對，很好！幹掉牠！」

三人對著螢幕吶喊加油。

6

作家虎山道雪盯著文書處理機螢幕沉吟。他正在修飾剛寫完的小說，但沒有自信。他不安地想，這樣眞的有趣嗎？他至今出了幾本書，遺憾的是，他的書並不暢銷，幾乎沒被書評家稱讚過，也從沒擠進年底發表的推理小說排行榜前十名。

當他想重頭再看一次時，玄關的門鈴響起。

前來拜訪的是一名自稱黃泉詠太的推銷員。虎山聽到他在賣自動書評撰寫機，便搖了搖頭。

「你走錯門了。我既不是文學獎的評審委員，也不曾爲雜誌寫書評，作家對談之類的工作更不會找上我。總而言之，我沒有非讀其他作家的書不可的理由。」

黃泉笑咪咪地邊聽邊點頭。

「是，這我非常清楚。恕我失禮，不過大多數讀者尙未接受虎山先生您的作品，或者該說認同……」

「因爲我的書乏人問津。」虎山語帶露骨地不悅打斷對方。

然而，黃泉毫不畏縮，臉上依舊堆著笑容，挺身向前繼續道：

「敝公司有項非常適合虎山先生的商品……」

他話還沒完，大門就開了。兩名身穿工作服的男子將一台像影印機的機器搬進屋。

「等一下！你們突然搬來這種東西會造成我的困擾。」

「別這麼說嘛，總之請先聽我解釋。嗯，我想借一下虎山先生的原稿，稿紙或磁片都可以。」

「你想做什麼？」

「這個嘛，你看了就知道。」黃泉臉上浮現一抹別具深意的笑容。

虎山雖想攆他出去，終究敗給好奇心，從桌上拿了磁片給他。

「這是還沒公開的原稿。」

「好的。」

黃泉將磁片插入機器，操作一番後輸出一張紙，上頭不知寫了些什麼。

黃泉說，「請過目。」

虎山看了那張紙，不禁「啊」地驚叫。

- 主角的出場早了兩頁。
- 三十二頁的格鬥場景描寫增加五行。
- 刪除四十五頁那段政壇說明。
- 五十八頁，毒島一雄這個角色需描寫得更恐怖。
- 六十三頁，增加一名神祕的中國人。

「這是什麼？作品指導機嗎？」

虎山一問，黃泉便「嘖嘖」地咂嘴。

「沒那麼簡單，這東西專門用來反制目前充斥市面的自動書評撰寫機，名叫自動書評撰寫機殺手。」

「自動書評撰寫機殺手？」

「也就是說，自動書評撰寫機並不完美，開發那件商品的我們知道該怎麼寫小說才能獲得自動書評撰寫機的高度評價，這台自動書評撰寫機殺手便是提供建議的機器。」

「那太棒了。」虎山側著頭，「可是現在的自動書評撰寫機都增加了個人風格進化器，怎麼曉得作品的評價如何？」

「當然，有些作品的評價會因論者而異。但看每年年底發表的推理小說前十名排行榜就知道，當選第一、二名的作品不管哪位評論家都會給予A的評價。自動書評撰寫機殺手便是以那種水準的作品爲目標。」

「我懂你的意思了，不過這樣眞寫得出有趣的小說嗎？」

聽到虎山的疑問，黃泉蹙眉搖了搖頭。

「請別誤會，自動書評撰寫機殺手不是指導寫有趣小說的機器，只能協助你寫出令自動書評撰寫機給予高度評價的小說。我實際讀過照這樣創作出的小說，老實說並不有趣。」

「那樣不行啊。」

黃泉詫異地問，「爲什麼？」

「爲什麼……」

「聽好了，虎山先生。現在幾乎所有評論家都用自動書評撰寫機工作，本身並不讀書，換句話說，目前公開發表的書評可說全是自動書評撰寫機出品的。而且讀者會參考那些書評買書，因此作家該在意的是自動書評撰寫機。此外，文學獎的評審也多半以自動書評撰寫機的評價爲基準。如今不能再以人爲對象寫小說了，請改變想法，讓自動書評撰寫機殺手幫助你成爲暢銷作家吧！」

虎山震懾於黃泉的氣勢，點了點頭。

7

哎呀呀，又賣出一台啦……

走出虎山家，黃泉自言自語道。

繼自動書評撰寫機後，自動書評撰寫機殺手的銷路也很好，滯銷作家和立志成爲作家的人都心甘情願地購買。

公司正在籌備下一樣新產品，叫做自動心得撰寫機。那是以一般讀者爲對象開發的產品，只要將它的構造想成自動書評撰寫機的功能簡化版就行了。將書放進那台機器後，便會輸出概要、內容如何有趣、如何無聊等。

公司認爲現在幾乎沒有眞正喜歡讀書的人了。如今根本沒人有閒功夫好整以暇地看書，會到書店的只剩那些不讀書便覺得有罪惡感的人、受到過去讀書習慣束縛的人，與想讓自己看起來有點文學氣質的人。他們追求的僅是讀書數量的累積罷了。

黃泉心想，這眞是個奇怪的時代，不太看書卻想成爲作家的人增加了，賣得不怎麼樣的書卻擠進票選排行榜前十名，還有一般讀者不知道的文學獎也增加不少等，充斥著諸如此類的詭異現象。書這種實體逐漸消失，唯有書周遭的幻影殘像擾惑人心。

黃泉思考著，讀書究竟是怎麼回事？

解說

極限處的荒謬

凌徹

《超・殺人事件 推理作家的苦惱》發表於二〇〇一年，書中共收錄了八篇過去刊載於雜誌《小說新潮》的短篇小說，是東野圭吾的搞笑作品集。

這不是東野圭吾筆下唯一以搞笑爲主題的小說，除了《超・殺人事件 推理作家的苦惱》之外，類似作品還包括《名偵探的守則》、《怪笑小說》、《毒笑小說》與《黑笑小說》。經多年累積，這個系譜的作品數量逐漸增加，證明這並非東野圭吾神來一筆的嘗試，而是有意識地持續寫作。這樣的成果，不但使他的作品風格更多樣化，也突顯了與其他日本推理作家的不同。

就算作者是東野圭吾這位實力派作家，本書仍得來不易。八篇小說中最早完成的是〈超理科殺人事件〉，發表於一九九六年四月，最後一篇則是二〇〇〇年八月的〈超讀書機器殺人事件〉。從雜誌刊載到集結成冊共歷時五年，這麼漫長的間隔也說明了，要完成這本風格獨特的小說眞的不簡單。

在談《超・殺人事件 推理作家的苦惱》之前，《名偵探的守則》值得一提。由於《名偵探的守則》有中譯本，國內讀者對東野圭吾的幽默作風應該不陌生。這部作品顚覆了推理小說的傳統要素，無論是詭計的現象面或原理面，東野圭吾都能找到搞笑的題材。從密室、不在場證明，到死前留言與敘述性詭計，《名偵探的守則》中的每則故事都抽取出推理小說中的常見元素加以惡搞，顯現其中的可笑之處。顚覆傳統的搞笑風格，令這本小說極具可看性。

《名偵探的守則》以推理小說本身爲焦點，故事則以名偵探天下一大五郎的探案爲主軸，儘管惡搞推理元素，每一篇仍具有推理小說的架構，都是完整的推理故事。換句話說，《名偵探的守則》取推理小說爲素材，也以推理小說爲形式，是處在推理小說之內的。

相對於《名偵探的守則》，《超・殺人事件　推理作家的苦惱》則位處光譜的另一端。《超・殺人事件　推理作家的苦惱》關注的是推理小說業界，是創作與閱讀推理小說的那群人，因此本書的內容不單與推理小說有關，更牽涉推理小說之外。故事要惡搞的並非一般偵探案件，而是推理作家、書評家、編輯等業界人士的怪誕作爲。目光焦點不再是推理元素，而是有關推理小說的種種事物，視線自推理小說的內側挪移至外側，涵蓋範圍更爲廣泛，故事發展也有更多的可能性。

儘管內容描述的是推理業界，但並未限制必須寫成推理小說，解謎的成分不見得存在，這點與以《怪笑小說》爲首的其他作品有異曲同工之妙。少了解謎，東野圭吾更加用心設計的，便是如何以誇張的方式突顯業界的荒謬現象，配合最出人意表的結局，最終成就一部黑色幽默小說。

本書的共同主題爲推理業界與相關人士，因此故事中普遍存在「進行中」的情景。最常見到的情節，就是推理作家創作小說的過程。寫作的同時，種種煩惱持續困擾著他們。有人苦於必須將小說拉長，有人不知如何寫下完結篇，故事就在創作的現在式中得以推進，直到這些煩惱變成最諷刺、最具惡意，也最有笑點的結局。本書的副標題是「推理作家的苦惱」，可說是最貼切的形容了。

既然小說關注的焦點爲推理業界，不只作家，書評家、編輯甚至讀者都在射程範圍內。編緝催稿的過程、書評家撰寫書評的過程及讀者閱讀的過程，東野圭吾以不同身分的人物爲主角，從各種角度探索推理業界的荒誕情景，讓人大開眼界。

本書還有一個特色——「作中作」。毫無例外，每篇故事都出現了作中作。除了原本的故事之外，都可見到一篇到多篇的推理小說片段，讓作中作成爲跨越全書的另一個共同主題。

作中作的出現，使一則短篇小說呈現了多篇故事的樂趣，讀者也能從中欣賞到故事主線外的有趣插曲。當然，這樣的趣味建立在作者的辛勤構思上。對作者而言，必須在一篇小說中放入多個構想才能達成作中作的目標，自然比構思單一故事要辛苦得多。作中作增添了故事的深度，也豐富了小說的內涵。

在故事的發展上，東野圭吾反覆使用了一種技巧，使得故事能夠出現搞笑的結果，而這也普遍存在於《怪笑小說》以降的類似作品中。這手法就是「推向極限」。

故事中，無論是何種開端，其實都還稱不上異常，儘管有點偏離常軌，但仍在可接受的範圍內。例如〈超長篇小說殺人事件〉裡，作家在編輯的要求下，將八百張稿紙的作品灌水成接近兩千張，或〈超稅金對策殺人事件〉中，作家將一些可列入取材經費的場景與物品寫入小說。雖然惡搞，卻也不到誇張的地步。

只是隨著情節發展，作中人物的行爲亦變本加厲，剛開始的稍微脫軌只是序曲，在每個轉折主角都會惡化脫序的行爲，情況也益發嚴重。事態不斷推向更誇張的情境，不但變得更糟，更麻煩的是無法回頭。於是，在這樣的態勢下，理科推理所牽涉的學科多且深廣，長篇小說的頁數無止境地擴張，高齡推理作家的失智持續惡化，讀書機器不斷推陳出新，甚至任何事物都能寫入小說中以列爲取材經費。前述種種宛如不斷增強的正回饋，迫使故事推往極限。當事情到達臨界點，再也無法承受更嚴重的脫軌行爲時，東野圭吾以最惡搞的情況收尾，荒謬也因而從極限處顯現。

這樣的荒謬不僅諷刺，也不只有惡意，而是反映出推理小說界中的某些事態已逐漸僵化。〈超長篇小說殺人事件〉中對於巨篇化的無節制追求，〈超理科殺人事件〉中科學情報的無意義塡鴨，〈超高齡化社會殺人事件〉中閱讀人口的減少、老化及題材的千篇一律，東野圭吾藉由小說一一道出存在推理界的問題。故事雖然誇張，卻都基於事實。以多餘的詞句灌水，以大幅增加頁數的巨篇小說，或大量添加專業知識、堆砌累贅的情報，在推理小說的世界隨處可見。狂笑之餘，如何找回小說最原始的閱讀樂趣，應是業界人士須深入思考的。

讓人歡樂的搞笑，那是本書值得一看的特色。不過，這個系列作也告訴我們，當類型小說發展到一個規模時，在極限處必然產生的荒謬，應該被察覺、點明與關心。本書以八個幽默的故事取悅讀者，同時讓我們也多少體會到推理作家的苦惱，其實就在這些荒謬之中。

二〇〇六・五・二十二

國家圖書館出版品預行編目資料

超・殺人事件　推理作家的苦惱／東野圭吾著；張智淵譯. -- 三版. - 台北市：獨步文化：家庭傳媒城邦分公司發行，民109.03
面；　公分. --（東野圭吾作品集；7）
譯自：超・殺人事件　推理作家の苦悩
ISBN 978-957-9447-63-8（平裝）

861.57　　10900139

東野圭吾作品集07 超・殺人事件　推理作家的苦惱

原著書名／超・殺人事件　推理作家の苦悩
原出版社／新潮社
作　　者／東野圭吾
翻　　譯／張智淵
責任編輯／張麗嫺
編輯總監／劉麗真

總 經 理／陳逸瑛
榮譽社長／詹宏志
發 行 人／涂玉雲
出　　版／獨步文化
城邦文化事業股份有限公司
104台北市中山區民生東路二段141號5樓
電話：(02) 2500-7696　傳真：(02) 2500-1967
發　　行／英屬蓋曼群島商家庭傳媒股份有限公司
城邦分公司
104台北市中山區民生東路二段141號2樓
讀者服務專線：(02) 2500-7718; 2500-7719
24小時傳真服務：(02) 2500-1990; 2500-1991
服務時間：週一至週五上午09：30-12：00；下午13：30-17：00
讀者服務信箱E-mail：service@readingclub.com.tw
劃撥帳號／19863813
戶　　名／書虫股份有限公司

香港發行所／城邦（香港）出版集團有限公司
香港灣仔駱克道193號東超商業中心1樓
電話：(852) 25086231　傳真：(852) 25789337
E-mail: hkcite@biznetvigator.com
馬新發行所／城邦（馬新）出版集團【Cite (M)Sdn. Bhd. (458372 U)】
11,Jalan 30D/146, Desa Tasik,
Sungai Besi, 57000 Kuala Lumpur Malaysia
電話：603-9056 3833　傳真：(603) 9056 2833

封面設計／蕭旭芳
排　　版／陳瑜安
印　　刷／中原造像股份有限公司
□2006年9月初版
□2021年3月22日三版二刷
售價／280元

Printed in Taiwan

 ISBN 978-957-9447-63-8